Thomas Valentin · Grabbes letzter Sommer

Thomas Valentin

Grabbes letzter Sommer

Roman

Ullstein

»Ich will hier nur bemerken, daß besagter Dietrich Grabbe einer der größten deutschen Dichter war und von allen unseren dramatischen Dichtern wohl als derjenige genannt werden darf, der die meiste Verwandtschaft mit Shakespeare hat. Er mag weniger Saiten auf der Leier haben als andre, die dadurch ihn vielleicht überragen, aber die Saiten, die er besitzt, haben einen Klang, der nur bei dem großen Briten gefunden wird. Er hat dieselben Plötzlichkeiten, dieselben Naturlaute, womit uns Shakespeare erschreckt, erschüttert, entzückt.
Aber alle seine Vorzüge sind verdunkelt durch eine Geschmacklosigkeit, einen Zynismus und eine Ausgelassenheit, die das Tollste und Abscheulichste überbieten, das je ein Gehirn zu Tage gefördert. Es ist aber nicht Krankheit, etwa Fieber oder Blödsinn, was dergleichen hervorbrachte, sondern eine geistige Intoxikation des Genies. Wie Plato den Diogenes sehr treffend einen wahnsinnigen Sokrates nannte, so könnte man unseren Grabbe leider mit doppeltem Recht einen betrunkenen Shakespeare nennen.«

HEINRICH HEINE, 1854

Grabbes Lebenslauf – »eine soziale Tragödie«.

HERRMANN MARGGRAFF, 1839

»Ha, Sonne! könnt
Ich dich einmal bei deinem Strahlenhaare packen –
Am Felsen wollt ich dein Gehirn zerschmettern,
Und dich, was Schmerz heißt, fühlen lassen!«

CHRISTIAN DIETRICH GRABBE, 1822

Er zog die alte Soldatenmütze noch tiefer ins Gesicht. Seine Füße berührten die Pflastersteine so vorsichtig, als fehle den Stiefeln die Sohle. Manchmal driftete die Erde unter ihm weg. Er wankte und hielt sich dicht an die geduckten Fachwerkhäuser, zuckte aber beiseite, sobald sich auch nur ein Vorhang bewegte.

Jeder Blick verletzte ihn, riß Wunden, ging scharf in sein Gemüt. Er sah vor sich hin, auf das Spülicht, das durch den Rinnstein der Straßen schäumte; doch die Blicke blieben in seinem Rükken, schlitzten den abgetragenen braunen Frack auf, fuhren unter die Haut. Hinter den engen Fenstern, am Wassertrog, in den Höfen lauerten Augen, waren auf ihn gerichtet. Blicke maßen, verfolgten ihn, stocherten in seinem Elend. Ihr Spott machte seine Zunge bitter, ihr Mitleid lag hart auf seinem Nacken.

Bedrohlicher noch war das Getuschel, das ihm in die Ohren zischelte. Er flüchtete durch eine Passage. In der Schmiede gegenüber wurde ein Pferd beschlagen. Das Eisen in der Zange glühte und zischte auf dem Huf. Zwei Schuljungen standen dabei und hielten sich prustend die Nasen zu, doch er zog die brenzlige Luft, den Teufelsgestank, tief ein und bleckte die Zähne. Die beiden Flachsköpfe traten einen Schritt weg, hinter den Schmied, betrachteten den sonderbar verwahrlosten Menschen und bekamen Furcht in die Augen.

»Ein Bettelmann, Meister«, flüsterte der größere Junge.

Der Schmied blickte auf, den Pferdefuß in der Lederschürze zwischen den Schenkeln, und wischte sich mit dem Handrücken über die Backe. Sein Mund wurde unsicher. »Aber das ist doch der Herr –«

»Nä, nä«, sagte er hastig, lüftete seine Soldatenmütze und verbeugte sich tief. Sein Schädel war fast kahl, sein Gesicht fahl und aufgedunsen; das Kinn floh in die angeschmutzte Halsbinde. Er schwankte weiter. Sein Oberkörper eilte den Füßen voran.

Auch auf der Krummen Straße schwirrten, wie aufgescheuchte Hornissen, Gerüchte um seinen Kopf. Er schlug mit dem Regenschirm nach ihnen. Das Getuschel, das Gemunkel flogen seine Angst, seine Scham nur um so hämischer an.

›Grabbe ist wieder in Detmold!‹ – ›Wo, wo?‹ – ›Da geht er!‹ – ›Mein Gott, wie ein Landstreicher.‹ – ›Seht, er fällt vor Mattigkeit hin!‹ – ›Wie alt er geworden ist! Dabei steht er mitten im Leben.‹ – ›Der verfluchte Rum.‹ – ›Vor zwei Jahren noch, bevor er sich wegstahl, war er Militärrichter.‹ – ›Ja, Auditeur, Auditeur! Ich hab vor ihm geschworen.‹ – ›Einmal nahm er betrunken in Dienstfrack, Unterhosen und Pantoffeln den Eid ab!‹ – ›Ob seine Frau ihn ins Haus läßt?‹ – ›Er ist in der ‚Stadt Frankfurt' abgestiegen!‹ – ›Hat er das Geld dafür?‹ – ›Keinen Taler!‹ – ›Jetzt schwankt er zur Wehme!‹ – ›Er will der Frau Auditeurin von hinten ins Haus!‹ – ›Nein, er biegt nicht ab!‹ – ›Ich sage euch, er geht zu der Zuchtmeisterin!‹ – ›Die arme Alte, alles hat sie für ihn getan.‹ – ›Auf die Universität haben sie ihn geschickt. Nach Leipzig.‹ – ›Nach Berlin!‹ – ›Und jetzt kommt ihr ein Schnapslump in die Küche.‹

Grabbe schlug noch einmal mit dem Schirm um sich, riß sich weg vom Gemunkel, sammelte seinen Stolz, sah starr auf das Fenster in dem Haus gegenüber. Betten lüfteten noch spät nachmittags in der dünnen Maisonne. Eine junge Frau hatte die nackten Arme daraufgebreitet und hielt ihr Gesicht in die spärliche Wärme nach dem langen Regen, die Augen geschlossen; ein Lächeln lag in ihren Mundwinkeln.

Er schielte hinauf, fühlte ein sanftes Strömen im Zwerchfell und lachte zu laut. Die junge Frau schrak zusammen, schüttelte fuchtig die roten Oberbetten aus und zog sie ins Zimmer. Grabbe blies die Backen auf, blieb noch einen Augenblick stehen und sah auf das leere Fenster; dann drückte er die Faust gegen den Magen.

Er bog zur Bruchmauerstraße ab. Ein Kettenhund bellte hinter ihm her. Grabbe tappte über die Grabenbrücke, sah das Wasser unter sich blinken. Erst auf dem Wall blieb er stehen.

Ein leichter Wind kam von Südwesten. Grabbe

holte Atem, reckte sich auf. Er roch das nasse Laub, die Buchen, die Lärchen, sog die Frische, die vom Lippischen Wald herabstrich auf die Stadt, in seine Lungen. Er schloß die Augen, sah die grün dunstigen Berge am Horizont und lauschte auf die Waldbäche, die über dunkles Gestein in die Schluchten sprangen. Luft der Abendfrühe, feuchtes Sausen in den Wipfeln, Atemzüge der Heimat, Luft für Bären – für ihn, Grabbe! ›Hier will ich gesund werden wie Eisen, Tannen werden mir im Gemüt wachsen und Gipfel in der Seele. Hier will ich Feuer speien, die Zeit, diese erbärmliche Epoche, in die Pranke nehmen. Revolutionen dichten! Hier wird meine *Hermannsschlacht* sich vollenden unter den Bergen und Wäldern ihres, meines Vaterlandes.‹ Er spürte seinen Mut auferstehen aus dem wüsten Zustand der Schmach und schüttelte die Fäuste.

Vom Wall hörte er Schritte. Ein vornehmer Mensch kam auf ihn zu, ein jugendlicher, lebensvoller Mann, hob den grauen Zylinder und lachte. Freude färbte ihm die Wangen, seine Stimme flog herzlich auf Grabbe zu, ehe sie verstört ins Leere fiel.

»Aber Grabbe? Ich bin doch Krohn – dein Klassenkamerad!«

Grabbe sah ihn ausdruckslos an. »Ach du. Ich meinte, du seist längst tot.«

Er tappte weiter, ließ den Verdutzten stehen, wankte am Wasser entlang, lächelte still vor sich hin.

Auf der Allee ging Grabbe langsamer. Die Wege ruhten leer, die Häuser der Wohlhabenden standen still hinter dem Friedrichstaler Kanal. Auf den Säulen der Portale lag bräunliches Abendlicht. Am Himmel waren schwerleibige Wolken in Bewegung, zwischen denen die Sonne sich langsam auf scharfumrissene Gipfel senkte. Dann wurde der Himmel noch einmal hell, die Wolken trieben hoch weiter, und der Wind ließ die Blätter an den Espen schwirren. Grabbe ward mild, spitzte die Lippen, pfiff aber nicht.

Von oben, vom Palais, kam wieder einer, den er noch kannte. Er besann sich nicht auf den Namen, wollte es auch nicht. Der Mensch war ihm als Student in Berlin begegnet, ein Landsmann, ein Jurist. Grabbe hatte Zoten gerissen und Punsch in sich geschüttet an dem Abend, der andere das Maul aufgesperrt und gekeucht vor Lachen über Grabbes wüste Paradoxien. Es war 1821 gewesen, nein, 1822, der Teufel wußte das Datum; vielleicht waren sie auch noch zur Königsmauer getrieben und ihren Huren. Jetzt kam der Landsmann daher, kernfest und seiner Sache gewiß, ein Hofgerichts-Advokat oder ein Konsistorial-Sekretär inzwischen; er machte maßvoll Karriere, erinnerte sich Grabbe halbwegs und wollte rasch weg, doch seine Füße schleiften, waren schwer wie Zuchthauskugeln an seinen dünnen Beinen. Er schleppte sich näher zum Wasser und blickte beiseite, der Landsmann musterte ihn, grübelte einen Schritt lang und fand nichts.

Grabbe drückte die grüne Soldatenmütze tiefer in die Stirn. Er sah ins schaumige Wasser. Eine Ente schwirrte auf und schalt.

Grabbe hörte sie noch, als sie längst wieder auf dem Wasser gelandet war, und hörte Stimmen, die noch einmal über ihn herfielen, schnarrende, hakkende Stimmen: ›Es ist aus mit ihm!‹ – ›Hä, hä! Er wollte zu hoch hinaus. Der genialische Grabbe aus dem Zuchthaus.‹ – ›Er hat seinen Verstand versoffen, das Vieh!‹ – ›Im Grab noch dreht sich sein biederer Vater um!‹ – ›In Düsseldorf, sagt man, sind die Kinder hinter ihm hergelaufen.‹ – ›Der tolle Grabbe, die Kasse stimmte nicht, als er seinen Abschied bekam, Herr Kollege.‹ – ›Nun, aus welcher Suppe stammt er denn auch?‹

›Ich hätte nicht zurückkommen dürfen‹, dachte Grabbe, ›aber wohin, wohin? Jetzt bin ich zu Detmold verurteilt, ungezählte Jahre zu Detmold verurteilt, wie zweimal schon. Dazu diese schneidende Frau, meine Eheliebste, das Beest. Das Elend, die Armut. Ich brauchte doch so wenig: eine ruhige Stube, ein Bett, einen Ofen, einen Tisch, zwei Stühle, einen Schrank. Mit fünfzehn Groschen am Tag will ich auskommen und Dramen schreiben, gegen die alles, was heute auf dem Theater herumstolziert und mit der hohlen Schelle rasselt, Firlefanzerei ist, breitgetretener Quark. Ich will an den eisernen Stäben der Verhältnisse rütteln, daß ihnen die Nachtmützen vom dumpfen Kopfe fliegen und sie wieder in die Hosen pissen wie 1789, wenn sie nur einen grünen Hering essen, der zu nahe an das Wort ‚Revolution' geriet, als ihn die Krämerin in eine Zeitung wickelte.‹

Das Wasser im Kanal lag nun starr und dunkel wie Schieferplatten. Eine Dienstmagd mit ihrem Einkaufskorb knickste auf der Brücke vor jenem Konsistorial-Sekretär und huschte rasch hinüber auf das Ostufer des Kanals. Eine Ratte tauchte unter einer Baumwurzel herauf. Grabbe beugte sich weit vor. Die Ratte spürte seinen Schatten, zögerte und witterte. Ihre listigen Augen blickten Grabbe aufmerksam an. Er pfiff, und die Ratte ließ sich von der Baumwurzel ins Wasser fallen, verschwand unter dem hängenden Gras.

Grabbe schlug mit seinem Regenschirm nach ihr, traf sie nicht, schlug immer weiter aufs Wasser und freute sich, als sein Gesicht naß wurde. »Rattenwasser!« sagte er laut. Er leckte die Tropfen von seiner Oberlippe. »Rattenwasser!«

Wie oft hatte er hier gehockt und das Wasser und die Wolken darin und die Ratten und die Krickenten belauert, als er drüben in der Laube am Knochenbach seinen *Gothland* begann und verwarf und wieder begann. Da hatten sie die Augen aufgerissen, mit der Zunge geschnalzt und ihren Wind abgelassen! Nicht hier in der Residenz des Fürstentums Lippe, dem tristen Läusenest mit seinen viertausend Einwohnern, nein, in Berlin, in Dresden – wohin er auch kaum! Da war der Ruhm ihm nahe gewesen und die Jugend. Tieck und Heine hatten ihn mit dem Weltgenie des Theaters in einem Atem genannt, mit Shakespeare – bis er auf die Knie mußte, zu Kreuze kriechen, ins Geldsystem, ins Amt, wie dieser Landsmann, der da unten zum Hof schritt, als ginge es nach Aranjuez.

Grabbe kehrte um. Ekel packte ihn und Wut. Er bleckte die Zähne hinter diesem Polonius her, der sich jetzt ins Residenzschloß schlängelte, dem Fürsten die Stiefel abzulecken und in seinen Taschen zu fischen. ‚Die Hosenklappe sollt man eher vorm Gesichte als vorm Bauche tragen, bei den meisten ist die ärgste Zote eben das Gesicht!' Grabbe schlug sich mit der Faust in die flache Hand, sein Schirm wirbelte. ›Wahr ist's! Ich habe in meiner Dichtung immer die Wahrheit gesagt, keine schwarmgeistigen Phrasen gemacht, nicht gequengelt.‹ Kein Hoftheater – das überließ er den Baronen und den Pfaffen! Er, Grabbe, schrieb für – ja, für wen schrieb er? Wer gab ihm den Auftrag, wer waren seine Zuschauer, seine Leser, wo wirkte er?

»Keine Sentimentalitäten!« sagte er laut. »‚Der Mensch trägt Adler in dem Haupte und steckt mit seinen Füßen in dem Kote!'« Und dachte: ›Papperlapapp, ich wollte, ich hätte drei Eierpfannkuchen und sieben Flaschen Bier. Wer schickt mir die fünfzehn Groschen am Tag in die Stube, it is the question, Freund Hamlet. Wenn du der Sohn armer Leute gewesen wärest, hättest du deines Vaters Geist von rohen Zwiebeln reden hören. Ich muß mich hier verstellen wie du, Hamlet, aber dabei auch noch sehen, wo der Roggen für mich wächst – bis ich meine Löwen in ihren Kabinetten und Salons loslasse. Ça ira.‹

Grabbe strich am Gitter des Residenzschlosses entlang. Abendsonne funkelte auf den vergoldeten Spitzen der schwarzen Eisenspeere. Ein Hornsignal flog über das Maigrün des frischgeschnittenen Grases im Park. Die Schwäne trieben ruhig auf dem Wasser, und die Kieselsteine knirschten unter dem pendelnden Schritt der Wache.

Grabbe las einen Zweig von der Straße und ratschte am Gitter vorwärts, wollte laufen und das trockene Schnarren hören. Als Kind war es gut gewesen, diesen barschen Ton in die Welt zu setzen; es machte Herzklopfen, eine warme Angst zwischen den Schulterblättern, und ließ den Atem schneller fliegen. Doch die frühen Schauer rieselten heute nicht mehr über den Rücken, die Schläfe pochte nicht, und das Holz klapperte schlapp über die eisernen Stäbe. Grabbe spürte wieder die Kugeln an seinen Füßen, die Zuchthauskugeln und die Ketten. ›Ihr müßtet mich zu Pferde sehen!‹ dachte er.

Er legte die Stirn an die Gitterstäbe und schaute über den Kiesweg auf den Schloßhof. Eine junge Dame, eine Prinzessin vielleicht, ging mit ihrer Vorleserin auf und ab, lustwandelte und trug einen eleganten Sonnenschirm, mit Sternen darauf, gegen das schiefe Abendlicht. Sie hatte das Gesicht geneigt und lauschte der Frau, die, ein Buch aufgeschlagen in den Händen, neben ihr ging. Das weiße Kleid der jungen war an den Ärmeln gebauscht, enge Taille, der Glockenrock wehte um die freien Füße. ›Was hört sie an diesem milden Abend, die

Prinzessin, zwischen den Ulmenschatten und den Schwänen, die noch in die Sonne ziehen, was wird ihr in die Ohren geblasen? Damengedichte, süßes Zirpen, die graziösen Lügen, die sie, unmerklich fast, Tag um Tag, darauf dressieren, die blutigen Wirbel der Zeit niemals wahrzunehmen, die Wirklichkeit nie zu betreten. Eine edele Fratzenschneiderin wird sie werden – mit reinem Gewissen!‹ Er hätte ihr einen Napoleonischen Grenadier ins Bett legen mögen, einen Kaminfeger, einen Roßtäuscher, einen Ziegelbrenner, einen Mörder. ›Ein Gebet ums nackte Leben sollte sie ausstoßen, wenigstens einmal im Jahr, wenn die Angst sie würgt, der Hunger in ihrem Bauch frißt und jeder Mut ihr zerbricht.‹

Das Fräulein, die Prinzessin, was immer sie war, hob das Gesicht, ein träumerisches Kindergesicht mit einem zu üppigen Mund, sah Grabbe an, der da hinter dem Gitter mit den frisch vergoldeten Speerspitzen stand, bekam eine Falte zwischen die dunklen Augenbrauen, eine senkrechte, kurze Falte des Staunens vor diesem wüsten fremden Menschen, der nun die Zähne fletschte wie ein Tier, das auch beißen könnte; und schloß sich ihrer Hofdame enger an, die nicht aufgesehen hatte von ihrem Buch und weiterlas, frommen Honigseim spendete, der die Nerven abspannte, nachts gut schlafen ließ auf den duftigen Kissen, bei wohltätigen Träumen, und dem Volk draußenzubleiben befahl, vor dem Gitter des Schlosses. ‚Die Leute schreien nach Brot – warum essen sie denn keinen Kuchen?‘ Ach, sie schrien ja nicht! Hier nicht, in diesem selbstzufriedenen Detmold nicht. Die Dummheit hatte sie längst gelähmt, die Liebedienerei ihnen das Kreuz gebrochen, das Joch sie erst müde und dann gefügig, demütig gemacht. Immerhin: frei zu reden war fast nicht verboten. Es ließ sich hier leben, wenn man es nicht besser wußte. Frei essen wäre allerdings auch gut! Nur er, Grabbe, er konnte es nicht, ihm hatten sie nicht einmal den Gnadenlohn gegönnt, allzu gern seinen Abschied angenommen, um den er doch nicht im Ernst gebeten hatte: er wollte Widerspruch, Vorstellungen, er wollte einen Auftrag von ihnen, wollte ihnen notwendig sein mit seiner Kunst! Nein, sie ließen ihn schlicht laufen, im glatten, reibungslosen Stil. Ihn trat kein Fürst, kein Graf in den Hintern, wie es dem Mozart geschehen war in Salzburg. Die alte Fürstin und der Fürst hatten ihm sogar Wohlwollen erwiesen, von Zeit zu Zeit; aber die Hofschranzen, o nein, auch sie traten hier nicht, sie lächelten nur dünn, hoben freundlich die Hand, zwinkerten ihm leutselig zu und ließen ihn vor zwei Jahren nach Frankfurt ziehen: ›Ein Genie wie Sie, wir dürfen es nicht aufhalten, eine Sünde wäre das, eine Sünde wider den Geist! Das Genie hat sich in der Stille unserer kleinen Residenz gebildet, nun braucht es die Welt: Frankfurt, Berlin, Paris. Dort ist der Wein auch bekömmlicher! Glück auf den Weg, Herr Auditeur! Machen Sie unserem Vaterland Ehre!‹ Titel und Uniform durfte er behalten – Zucker dem Affen! Es kostete sie nichts. Aber die Arbeitsstube, der Tisch, die fünfzehn Groschen? ›Der Lorbeer, Herr Musensohn, der Lorbeer!‹ Mit seinem Lorbeer konnte er keinen Hammelkopf würzen.

Die beiden Schloßdamen waren umgekehrt und kamen wieder auf die eisernen Stäbe zu. Die dunklen Augen der jungen staunten ihn an, Neugier hatte die Unmutsfalte geglättet, wohl auch Mitleid. Das fuhr Grabbe in die Knochen. Er hob linkisch seine Soldatenmütze. Unter grotesken Verrenkungen machte er Kratzfüße und sprach ins Leere, unhörbar über den fernen Kiesweg, die Parkwiesen und die treibenden Schwäne, durch die Gitterstäbe hin, zum Schloß, während er nicht aufhörte, seine dürre Gestalt zu stauchen und zu verrenken, das zitternde Knie zu beugen und den Fuß über die Straße zu scharren.

»Durchlauchtigster Fürst! Gnädigster Herr und Regent! Ich bin Eurer Hochfürstlichen Durchlaucht alleruntertänigster Lakai, Christian Dietrich Grabbe, geboren in Eurer Fürstlichen Residenz Detmold anno 1801 als Kind des ehrsam verblichenen Zuchtmeisters und Leihbankverwalters Adolf Grabbe sowie seiner noch lebendigen Ehefrau Dorothea Grabbe – ihr einziger und studierter Sohn, ehemals Euer Auditeur, mit Titel und Uniform anno 1834 entlassen, dem es eine durchaus unverdiente Ehre wäre, nun niederste Arbeit in Eurer Hochfürstlichen Durchlaucht Kanzlei oder Ämtern für billigsten Lohn zu übernehmen, wobei ich mich alleruntertänigst jeder Beschränkung oder beschwerenden Nebenbedingung unterwerfe – der ich aber auch die spaßhafte, um Entschuldigung flehende Fertigkeit habe, jederzeit Tragödien liefern zu können.«

Die beiden Damen waren stehengeblieben, die ältere hob den Blick vom Buch, obwohl auch sie kein Wort über die Entfernung hin gehört haben konnte; die jüngere nahm ihren Arm, und sie gingen mit eiliger Zierlichkeit auf die nächste Schloßtüre zu. Ein paar Atemzüge später marschierten sechs Soldaten mit Gewehren über den knirschenden Kiesweg.

Grabbe zog noch einen Kratzfuß, schleifte die Soldatenmütze über die Straße und flüsterte: »Ich ersterbe zutiefst in Devotion und Dankbarkeit. Durchlauchtigster Fürst! Gnädigster Herr! Eurer Hochfürstlichen Durchlaucht alleruntertänigster, treugehorsamster Grabbe.«

Einer der Schwäne tauchte aus dem Wassergraben auf und flog schwer zwischen den Ulmen und Eichen in die Dämmerung hinter den Schloßtürmen. Grabbe tappte rasch vom Gitter weg, an der Bruchpforte, am Zuchthaus vorbei, hinüber zum Marktplatz. Gelächter rumorte in Grabbe. Er ging vornübergebeugt und sann auf den Mittelpunkt seiner Wunde und seiner Hoffnungen.

Vorm Rathaus stoben wieder Leute auf ihn zu, zu viele Leute, angetrieben von der späten Geschäftsstunde. Grabbe drückte sich an die Häuser, schlich im Schatten, den Kopf gesenkt, die Soldatenmütze in die Stirn gezogen; aber er mußte sie doch sehen aus den Augenwinkeln. Sie streiften seine Schulter, seinen Fuß. Er wankte.

Grabbe lehnte den Rücken an eine Hauswand, schob die rechte Hand unter die Knopfleiste seines abgebrauchten Fracks, warf das Kinn hoch, sein schwächliches Kinn, und musterte sie, die abendlichen Menschen da auf dem Marktplatz, auf der öffentlichen Bühne. Eine triste Komparserie! Sie hatten nicht viel zu sagen, ihre Dialoge waren lasch, ihre Monologe voll seichtem Stolz, ihre Aktionen ohne Muskel. Aber ihre Intrigen! Ihre Intrigen hatten Theaterhöhe, schlängelten sich glatt durch die Kanzleien, die Banken, die Betten, waren gefährlich hinter brüllendem Gelächter, dem Zucken einer dünnen Braue. Grabbe fühlte sich kalt, kalt und elend.

Er ging weiter, in die Lange Straße, auf das Haus zu, in dem er seine Braut kennengelernt hatte, seine frühere Zweimal-Braut, starrte hinauf zu den Fenstern, hinter denen er doch einmal das Glück durchs Zimmer hatte gehen sehen, ein Gespenst. Er verspürte einen Stich in der Brust. ›Nur nicht sentimental, Grabbe, nur nicht süß!‹ Ach was, sie hatte ihn nie verstanden, sich nur an dem Exoten, dem Genie aus dem Zuchthaus aufgeregt; und dann, erschreckt, war sie mit ihrer mühsam bewahrten Unschuld, von ihm bewahrt, in das Bett eines ältlichen Blaufärbers geflüchtet. So etwas half gegen Liebeskummer und machte Shakespearesche Lebenseinsichten! Weg, weg – er hatte die andere geheiratet, die er nicht liebte, Luzie und ihre zwölftausend Taler. Es ging bei ihm nicht zu wie im *Werther*, wie in den Gedichten des Herrn Heine, sentimental oder ironisch! Herz entzwei, Herz entzwei – weg damit in die Zeitungen für die elegante Welt. Weg damit, mochte Henriette ihre Tränen zerdrücken, er, Grabbe, rülpste nur über diese Brautgeschichte, die ihm da wieder hochgekommen war wie süßer Quark. Rülpste, drehte ihr den Rücken zu und schrieb die *Hermannsschlacht*, sein neues Stück. Oh, danach sah die Detmolder Erde anders aus – er ließ sie aus der Hand rollen, kegelte damit gegen sein Schicksal. Sollten sie sich über ihn das Maul zerreißen, eines Tages würde er es ihnen stopfen. Er war erst vierunddreißig, und der Zukunft goldene Prospekte – eine Hebamme kam vorbei, stämmig geformt, und stieß ihn mit dem Ellenbogen vom Bürgersteig. Grabbe knickte zusammen, wollte sie anfahren, herrisch und in Positur, sah nur noch ihren mächtigen Hintern und schwieg. Schwieg, zog das Kinn in die Halsbinde und ging weiter, hinter einem Eselswagen mit Ofenholz her, der ihn versteckte, der ihn schützen sollte vor der Kanaille, der tausendfüßigen, tausendmäuligen. Da stolzierten sie vorm Rathaus, gingen in die ›Ressource‹, spielten Billard und Karten, faselten über Ostender Austern und Metternich, tranken Champagner, sangen Vaterlandslieder, zogen Lederhandschuhe durch die Finger und drehten den Schnurrbart, die Herren Kanzlei-Räte, Archivar-Räte, Konsistorial-Räte, Medizinal-Räte, Hofgerichts-Advokaten und andere Huren.

Grabbe hörte Musik, leise, dürftig – doch es war Musik! Ein Leiermann saß in seinen Fetzen und drehte die Walze: ‚Wo die schönen Trompeten blasen.' Eine Meerkatze in rotem Kamisol hockte auf dem Kasten, ließ den Schwanz hängen und sah Grabbe an. Er ging hin, blieb stehen, kraulte das feixende Tier. Es sprang ihm weg, dem Leiermann auf die Schulter.

›Ek will widder platt kürn‹, dachte Grabbe und fragte: »Wo geut et denn, leuve Vedder?«

Der Leiermann orgelte weiter. »Ek kann in'n Moon kuiken. Häbbe nenn Geld!« sagte er.

Grabbe ging weg, kehrte nach ein paar Schritten um, griente und stellte Fragen. Ob er auch die Marseillaise spielen könne? – Das wolle heute niemand mehr hören, antwortete der Leiermann. Es sei auch in vielen Ländern verboten. – Ach so, seitdem hab er's nicht mehr auf der Walze? – Jo, aber singen könne er die Marseillaise noch, leise, ganz leise. Er sei dabeigewesen, achtzehnhundertfünfzehn, als sie den korsischen Satan ins Wasser gejagt hätten und auf die Insel Sankt Helena. – Er den Napoleon? – Jo, jo, er den Napoleon! Blücher und die Engländer und er. – Grabbe lachte auf. Die Läuse den Löwen? – Jo, aber der Löwe sei längst tot, und die Läuse lebten noch immer. – Und? Was habe er gewonnen dabei, in diesen Freiheitskriegen, er und das Volk? Wo war die Freiheit geblieben? Wie stand's mit ihm jetzt im Kopf, im Beutel?

»Häbbe nenn Geld!« bettelte der Leiermann wieder.

Grabbe lachte spöttisch.

»Do kann helpen«, sagte er und gab der Meerkatze einen halben Mariengroschen in die Pfote. »Sui Vedder – dat versuip!«

Grabbe stolperte weg. Sein Oberkörper eilte den Füßen wieder voraus. Es fing an, dick zu regnen, und er spannte seinen ausgewaschenen Schirm auf.

Gegen acht am Abend kroch er zurück in den Gasthof ›Zur Stadt Frankfurt‹, in seine Punschhöhle. Petri war schon da, der korrekte Moritz, der Kanzlei-Rat, der Schulfreund. Grabbe gab ihm schlaff die Hand, zog ihn in einen Winkel, bestellte bei Meyer Tee mit Rum.

»Jetzt bin ich wieder an die Ufer der Werre und der Berlebecke verbannt, in die Neunmeilenwelt«, sagte er, schob seine Brille auf die Stirn und starrte zur Table d'hôte, wo Pustkuchen, sein Nachfolger im Amt, der Legations-Rat und Prorektor Preuß, der Apotheker und der Zigarrenfabrikant Bünde Whist oder L'hombre spielten, wie am Abend vorher, wie alle Abende, die sie hier saßen oder in der ›Ressource‹, seit ihre Jugend vorbei war.

»War's in Frankfurt, in Düsseldorf nicht besser für dich?« fragte Petri. »Warum bist du zurückgekommen, Christian?«

»In Frankfurt? In Frankfurt, da macht man Geschäfte und ist fashionable. Dieses Geschmeiß! Um da, unter den schofelen Kaufleuten, Erfolg zu haben, mußt du Manschetten anziehen, weiße Glacéhandschuhe, deine Halsbinde nach der neuesten Mode knüpfen, ein lavendelduftiges Lächeln tragen und eine Kunst allerdings klassisch beherrschen: die Kunst, vollkommen zu lügen.«

Petri schüttelte den Kopf und fragte: »Und in Düsseldorf? Warum hat es dich auch in Düsseldorf nicht gehalten?«

Grabbe nahm einen kleinen Schluck.

»Anfangs hat mir Immermann wirklich geholfen. Später war ich ihm wohl zu anstrengend. Es ist einfacher, über meinen *Gothland* zu sagen, er sei ein Konzert der Verzweiflung, als mit mir zu leben.«

Sein Oberkörper pendelte unruhig hin und her, während er sprach, klanglos und rappelig sprach.

»Ich wollte mich ja in den Rhein werfen, aber der Tod war mir zu wohlfeil. Da habe ich beschlossen, in der Heimat mein Ende abzuwarten, das sicher nicht mehr lange ausbleiben wird.«

Grabbe grinste.

»Deine Trinkwut!« sagte Petri nur. Grabbe schüttete sich mehr Rum in seinen Punsch.

»Was soll aus einem Menschen werden, dessen erste Erinnerung es ist, einen alten Mörder an einem roten Wollfaden in freier Luft spazieren geführt zu haben?« fragte er dumpf.

Petri rüttelte ihn an der Schulter.

»Christian! Das wiederholst du nun zu oft! Es saß doch gar kein Mörder zu der Zeit im Zuchthaus ein.«

»Nein? Mir war aber so.« Grabbe trank. »Nun gut, dann will ich einen Roman aus der Geschichte machen und ihn dem Papst weihen.«

Er sah mißmutig zu den Honoratioren hinüber.

»In Frankfurt wollte ich nicht meines Verlegers Kettenhund werden, in Düsseldorf nicht Immermanns Blutegel – aber wohin? Wie ertrage ich hier die schadenfrohen Gesichter an allen Detmolder Ecken – und was sagt meine Frau?«

»Sie will dich nicht sehen, Christian. Ich werde eine andere Stube für dich mieten. Nicht in einem Gasthof.«

»Gut!« sagte Grabbe und lebte wieder auf. »Mehr brauch' ich nicht. Meine *Hermannsschlacht* – da wächst was! Sie ist jetzt mein Erdgeschäft, für das ich leben will. Ich habe genug zertrümmert, nun muß ich wieder aufbauen, ihr habt ja recht. ‚Aus Nichts schafft Gott, wir schaffen aus Ruinen.' Und ich brauche nur fünfzehn Groschen am Tag –«

»Hast du das Geld?« fragte Petri.

Grabbe spülte sich den Mund aus.

»Der Verleger hat mir zweihunderteinunddreißig Taler gegeben – Vorschuß!« sagte er. »Aber ich mußte leider leben. Sie sind verbraucht. Ich hab nur die sechs Louisdor, die du mir für die Reise geschickt hast. Danke! Ich werde damit kolossal wuchern.«

Grabbe lachte und rief Pustkuchen zu: »Mein alter Herr Kollege aus besseren Zeiten, als ich noch unverheiratet war! Haben Sie nicht eine juristische Abschreibearbeit für mich, Sie oder Ihre Freunde, die Detmolder Advokaten? Diese Haifische, die den armen lippischen Bauern und Webern das Brot aus dem Maul jagen? Ich schreibe fehlerfrei und leserlich, wie gestochen. Meine Bedürfnisse sind sehr gering geworden –«

Petri legte die Hand auf Grabbes Arm. »Manneswürde, Christian!« sagte er leise.

Grabbe lachte, schüttete sich aus vor Lachen. »Manneswürde? Ich kann mir keine Würde leisten, ich bin zu niedrig geboren für Würde. Nun, Herr Kollege?«

Pustkuchen unterbrach kurz sein Spiel und drehte sich um. »Tut mir leid«, antwortete er ohne Bosheit, »bei mir stapeln sich keine Akten mehr« – und die Abrechnungen stimmten inzwischen auch.

Der Zigarrenfabrikant Bünde räusperte sich. Grabbe wollte auflodern, aber Preuß, sein alter Lehrer, sagte: »In den letzten dreißig Jahren hatte ich keinen begabteren Schüler – ich weiß nicht, ob ich je einen begabteren hatte! Der Herr Rat Falkmann kann es mir bestätigen! Grabbe verfügte über eine fabelhafte Phantasie, sprudelnden Witz – und er ist ein Patriot!«

»Dafür war er vor fünfzehn Jahren auch zwei

Jahre lang Nutznießer der Hälfte der Stipendien der Elftausend Jungfrauen und des Heiligen Kreuzes«, sagte Pustkuchen und zählte seine Stiche.

»Ein Patriot!« Preuß zog einen König und spielte ihn aus.

»Sie waren im Freikorps, Herr Prorektor!« rief Grabbe und schwenkte die Rumkaraffe. »Ich weiß es noch – im Gymnasium haben Sie uns oft davon erzählt! Wir schwärmten alle für Sie, liberté –«

»Ja.«

»Sie waren ein Freund Scharnhorsts, Blüchers!«

»Ja. Reißen Sie sich zusammen, Grabbe! Wir werden Ihnen in Detmold wieder auf die Beine helfen, laufen müssen Sie selber. Halten Sie sich hart!«

Meyer, der Wirt, stand auf und brachte Grabbe noch ein Quart Rum.

»Komm, wir gehen jetzt besser auf deine Kammer«, sagte Petri und faßte Grabbe am Arm. Grabbe nahm die Karaffe und sein Glas.

»Es gibt Menschen, die sind so harmlos, daß sie der Teufel zureitet«, murmelte er unter der Tür. »Bitte sprich von der ganzen Sache nicht mehr, bevor ich anfange, Moritz.«

Am anderen Morgen war Grabbe wehmütig und zerrissen. Er lag in der Schlafkammer des Gasthofs auf dem Federbett, im Oberrock noch und in Stiefeln. Neben ihm auf dem Tisch mit der kleinen Reisebibliothek, dem Aristophanes, einem Band Shakespeare, einem Band Byron, stand sein Frühstück: ein großes Glas Korn, ein Stück Speck, eine Schnitte Brot.

Wilhelmine Kreimeier war bei ihm im Zimmer, las einen Wust numerierter Notizzettel von den Dielen, schmale Papierstreifen, auf die Grabbe mit Rötel geschrieben hatte, staubte Tisch und Stühle ab und machte sich an dem stockfleckigen Spiegel zu schaffen.

»Komm her!« sagte Grabbe barsch, fuhr ihr in die Haare, ließ seine Hand da und fragte: »Wie alt warst du, als Mutter und Vater und ich dich aufnahmen, Muinken?«

»Vierzehn wohl.«

»Wir haben's gut miteinander gehabt«, sagte Grabbe. »Jung und geil und vulkanisch – und noch Hoffnung!«

Sie sah weg, und Grabbe lachte, biß in das Stück Speck und trank Korn.

»Den Sergeanten Kreimeier hast du geheiratet, als ich vor zwei Jahren wegging; aber du bist mir nah, du bist mir so nahgeblieben wie kaum ein anderer, wie – ach, scher dich zum Teufel! Gib mir die Flasche da.«

Sie stand auf, brachte ihm den Korn und legte die Notizzettel zusammen. Grabbe hörte auf zu kauen und fragte leise: »Bin ich denn wirklich so schlecht?«

»Nein.«

»Verderb ich's denn mit allen, daß alle mich verfolgen?«

»Nicht viele.«

»Ach, du weißt nichts! Bei Gott, mir ist abscheulich zumute.« Er aß mit Widerwillen. »Ich möchte Jesuit werden«, sagte er, holte einen Briefbogen vom Tisch und sagte: »Komm und schreib, ich mag da keine Hand dran legen. Hast du die Tinte? Schreib sauber wie ein Kanzlist, ich hab's dich gelehrt! Schreib an die Frau Auditeurin Luise Grabbe, geborene Clostermeister, um die Ecke – nein, das kannst du weglassen. Schreib also:

Ich ersuche Dich, mir umgehend zwei meiner Hemden, zwei Schnupftücher, zwei Paar Strümpfe zu schicken. Die befinden sich unter den Dir wohlbekannten, in mein Haus mitgebrachten Kleiderstücken. Sendest Du sie nicht sofort, werd' ich sie zu holen wissen. Hast Du sie verkauft, so laß mir's melden, damit ich neue bestelle.

Detmold, den 29. Mai 1836.«

Wilhelmine saß an seinem Bett und schrieb sorgfältig; manchmal führte er ihr die Hand.

»Reinlich«, sagte er, »keine Fehler. Bravo, nein: brava! Ich hab's dir beigebracht, was? Hol den Hausknecht!«

Grabbe las den Brief noch einmal, lachte scharf und schrieb darunter:

Sonst
Dein Grabbe,
wegen Krankheit auf einige
Tage bei Herrn Gastwirt
Meyer vorläufig abgestiegen.

Er faltete den Brief zusammen und sah düster vor sich hin. Der Hausknecht kam, ein junger Bursche.

»Wie heißt du?« fragte Grabbe.

»Wilhelm Blinde.«

»Blinde? Von hier?«

»Nein, von Oerlinghausen.«

»Bring auf der Stelle diesen Ukas – weißt du, was ein Ukas ist?«

»Nein«, sagte Blinde und sah zu, wie Grabbe sich eine hohe schwarze Roßhaarkrawatte um den Hals band.

»Du, Minchen? Weißt du's?«

»Nein, noch nicht.«

»Wir beide fahren zusammen nach Rußland!« sagte Grabbe zu ihr, trank und gab Blinde den Brief. »An die Hochgeborene Frau Auditeurin Grabbe – weißt du, wo das Frauenzimmer wohnt?«

»Die Frau Auditeurin Grabbe? Ja, ein paar Schritte weiter. Unter der Wehme.«

»Gut, trag den Brief hin – und wenn sie ihn nicht nehmen will, leg ihn Madame zu Füßen. Ach was, schmeiß ihn ihr vor die Füße und sag: Ich, Christian Dietrich Grabbe, komme – ich steige ihr aufs Dach!«

Blinde nahm den Brief und ging. Wilhelmine setzte sich ans Fenster und nähte einen Riß in dem braunen Frack zusammen. Grabbe trank einen Schluck, nahm ein Journal von der Bettdecke, las kurz, spuckte hinein und warf es hinter sich. Der Leiermann zog seinen Karren durch die Lange Straße. Er spielte einen neuen Gassenhauer. Grabbe hörte nicht zu und schrieb ein paar Sätze, brütete vor sich hin und schleuderte das Manuskript weg.

»Mies. Wirf das dumme Zeug ins Feuer!«

Er drehte plötzlich das Gesicht zur Wand und weinte.

»Was sind Freunde? Nichts, wenn sie einen verlassen«, murmelte er. »Ich könnte hier im Gasthaus sterben, und es kümmerte sich keiner um mich. Menschen? Affen im Frack!«

Wilhelmine setzte sich auf sein Bett. Er griff nach ihr, ließ sie und polterte los: »Das Glas da!« Er trank und legte sich zurück. »Scher dich zum Teufel!« sagte er. »Aber komm in der Frühe wieder.«

Wilhelmine nahm ihre Tasche auf, den Frühstückskorb, das Nähzeug; da kehrte Blinde mit der Wäsche zurück. Die Frau Auditeurin habe den Brief tatsächlich nicht lesen wollen, meldete er. »Und da legte ich ihn, auf Ihren Befehl, Herr Auditeur, zu den Füßen der Dame.«

»Und sie, die Frau Auditeurin?« fragte Grabbe hastig.

»Die Frau Auditeurin lachte ganz plötzlich.«

Grabbe nahm Blinde um den Hals. »Sie hat gelacht! Die Frau Auditeurin hat gelacht –«, stammelte er und gab dem Hausknecht alles, was er an Münzen in der Tasche hatte.

Grabbe musterte die Wäsche und wurde wieder mürrisch.

»Die Hemden sind ja zerrissen, die Strümpfe haben Löcher, die Schnupftücher sind nicht geplättet – Lappen, Lumpen!«

»Die Frau Auditeurin hat gesagt, sie bekäme die Sachen doch nicht zurück.«

»Geizatmendes Beest!« rief Grabbe. »Jetzt schachert sie schon mit der Wäsche, die ich mit in die Ehe gebracht habe – die liebreiche Madame, die Tochter des vornehmen Herrn Archiv-Rats Clostermeier, die Erbin. Aber warte nur.«

Grabbe sprang aus dem Bett, griff in die Taschen seines Rockes, an dem Wilhelmine die Ellbogen noch mit Kaffee nachdunkelte, und sagte rappelig zu Blinde: »Geh und bestell mir einen Tee, aber steif! Und ruf mir den Raseur Schmerz aufs Zimmer! Du geh auch, Minchen! Grüße Mutter. Ich komme zu ihr. Ich habe zu arbeiten, an das Gericht zu schreiben, an den Fürsten; und die *Hermannsschlacht*, ich muß die *Hermannsschlacht* – sie sollen sich alle noch wundern.«

Als Blinde weg und Wilhelmine schon auf der Schwelle war, kam er ihr schnell nach, strich ihr mit den Fingerspitzen über die Augenbrauen.

»Nicht wahr, du kommst doch, Muinken? Morgen werde ich ein ganz anderer Mensch sein!« –

Hinter Hiddesen, ein Kornhändler hatte ihn auf seinem Rollwagen mitgenommen, stieg er gegen den Berg in den Lippischen Wald. Grabbe fühlte sich frisch, jung; er knöpfte den braunen Rock auf und sog die reine Luft in sich. Seine empfindlichen Füße schmerzten auf dem Waldboden nicht. Er ging zwischen den Bäumen und hielt die Hand auf: Sonne fiel hinein, er zog die Soldatenmütze ab und öffnete sich der milden Wärme – der Frost in seinem Gemüt, seinem Fleisch taute. Grabbe versuchte zu laufen, über einen vom Wetter gestürzten Baumstamm zu springen. Es gelang ihm; er wurde froh und ging weiter.

Hier kannte er jeden Steg, jeden Bach! Hier war doch das Hellste seiner Erinnerungen von der Kindheit her, das Lebendigste, das geschwiegen hatte, jahrjahrelang, zugeschüttet vom Elend, der gebrochenen Hoffnung, den zerschlagenen Träumen, überschwemmt vom Rum. Doch jetzt stand es wieder auf, grünte, wuchs, reckte sich und schüttelte die Wipfel, in denen sang es, hundertstimmig und klar. Er hörte die Drossel wieder, der er vor zwanzig Jahren nachgeschlichen war, von Baum zu Baum in der Morgenfrühe, wenn der Vogel anhob und die fünf Noten, genau diese fünf Töne sang, frisch und durchsichtig, wie Quellwasser durch die Finger tropft – die Morgentöne aus einer Musik Mozarts! Erst viel später hatte er erfahren, daß der junge Mozart die Amsel lange vor seiner Komposition gehört, daß er Natur zum Widerklang, zu neuer Wirklichkeit gebracht hatte.

Auf einer Felskuppe blieb Grabbe stehen, wischte sich das Gesicht ab, sah um sich. Sternschanze, Uffler, Grotenburg und da drüben, weiter nach Süden, Hohnei, Kortewebelshals, Koppennacken, Möllmannskamp, Schnepfenflucht, Gauseköte – das klang doch anders als Düsseldorf und Eschenheim.

›Das Sterben will ich im Teutoburger Wald abmachen. Nä, nä, erst das Stück, die *Hermannsschlacht*. Teufel, da wächst was! Ans Sterben denk ich nicht länger. Die *Hermannsschlacht* ist über mir wie ein Sternenmeer. Ich, die Krabbe aus dem Detmolder Zuchthaus – wenn ihr schon alle tot seid, verfault, vermodert, ich lebe noch! Mit meinem *Gothland* lebe ich noch, meinem *Napoleon*, meinem *Don Juan und Faust*, meinem *Hannibal*, in hundert Jahren noch. Die *Hermannsschlacht* muß noch mehr Wahrhaftigkeit haben, Schlachtendampf, Gewitter, lange sprühende Blitze auf diese Gipfel! Mir ist einerlei, wie sie's auf die Bühne bringen wollen, das Stampfen der Pferde, das Morden – und die Massen, aus denen die Geschichte gemengt wird, das Volk, in dem Hermann verschwindet, aus dem Hermann sich aufbäumt wie der Sturm aus der flauen Luft. Ich hab eine Liebe für die Bauern Westfalens, ihre Steinschädel, ihre breiten, langsamen Hände, ihren erdfesten Tritt, den Argwohn ihrer Blicke; und ihre Mäuler, die so viel schlucken und kauen, ehe sie das Wort auf die Zunge legen – und wieder verschlucken. Gut, sie heucheln, daß sie Christen sind, stülpen sich sonntags den Heiligenschein auf die Dickköpfe und sind doch von der Demut, von den sanften Sinnen der Christen weiter weg als der Bulle von der Lilie. Auf den Gehöften jedenfalls und in den Dörfern. In Detmold nicht, da herrscht die Scheinheiligkeit, der Pietismus, die Gottesfurzerei – und die Gewinnsucht. Die Gewinnsucht! Schon in meinem *Hannibal* habe ich sie am Werk gezeigt, wie sie alles abwürgt, das Genie und sein Volk, wie sie die Pest ist in der Geschichte und im Menschen, der gleißende Tod, der alles ummäht, längst vorm Sterben. Aber darüber gibt's noch ein paar kräftige Worte für dich zu sagen, Grabbe! Schneidende Worte, denn das haben sie alle noch nicht aufs Theater gebracht: Goethe nicht, dieser Sohn wohlhabender Eltern, der aus seinem vornehmen Leben Literatur destilliert, aber nicht die Weltgeschichte geballt hat in seiner Dichtung, sprengkräftig; selbst Shakespeare zu wenig, der Aristokratenfreund; nicht einmal Schiller, der hatte keine Zeit, sich umzusehen auf der Erde, im Dreck, in den Kotten und in den Banken, den Kassetten und Kontoren der Geldfresser. Er mußte zu schnell hinab – hinauf? Was weiß ich! Sie haben mir viel zu tun übriggelassen.‹

Zwischen den Buchen lag altes Laub, er schlurrte hindurch. Es raschelte mürb und geheimnisvoll laut; ein Salamander glitt vom Moosstein in einen Waldbach. ›Als Kind haben wir sie gefangen und vor kleine Wagen aus Karten und Spanschachteln gespannt. Einer, der picklige Henrich – sein Vater handelte mit Uniformen, jeder neunte in Detmold hatte eine Uniform –, der picklige Henrich versprach mir sechs Steinhäger, wenn ich einen Feuersalamander im Maul bis zum ‚Apenkrug' trüge. Sechs Steinhäger – ich hab's gemacht! Als ich den ersten getrunken hatte, kam einer unserer Lehrer in die Schenke. Falkmann, nein, Pistorius, es verschlug ihm die Sprache, was er da sah, und ich trank die sechs Steinhäger, die vor mir standen, aus, alle ex, seelenruhig. Er hat sich gerächt, Pistorius. Nein, so hieß er nicht; Moebius? Ist ja auch einerlei.‹

Grabbe kam zu einem stürzenden Waldbach, ein dünner Eichenstamm lag darüber. Grabbe hielt den Atem an und ging vorwärts, schwankte, breitete die Arme und kam hinüber. Er lachte. »Mein Herz ist grün vor Wald«, sagte er in die Stille, und: »Ich habe zu lange wenig Sonne genossen.« Er stieg höher, über die Sternschanze hinaus.

›All das Grün, alle Täler, das volle Volk der Bäume soll hinein in das neue Stück, soll darin rauschen und sich bewegen. Und alle diese Dickköppe, Knorze und breitspurigen Roßtäuscher und Bauern, mit ihrer gerissenen Dummheit, ihrer Fleischeslust, ihrem breiten Arsch, den sie der Kultur, den Römern entgegenhalten; samt ihrer Hinterlist und ihrem Todesmut, mit dem sie bullenstark und ochsenstur in den Sieg gehen und ins Verrecken. Ich will die ganze mörderische Schlacht im Teutoburger Wald, die zwanzigtausend Leichen, hier aus der Erde reißen – und am Schluß ins alternde Rom gehen, zum Kaiser Augustus, und dann dem Stern folgen nach Bethlehem, mit den drei Königen aus Äthiopien, Arabien und Indien, das Schilf des Jordans flüstern lassen und an die Krippe treten. Jesus Christus – und immer auch, gleichzeitig, ein Augustus, Tiberius, Pontius Pilatus, ein blutdürstiger Herodes! So stampft die Geschichte Liebe und Mord aus unserer rollenden Erde – und hier, auf den Berghöhen um Detmold, soll diesmal das tragische Menschenspiel seinen Anfang nehmen.‹

Grabbe blieb stehen. Am Ende eines Holzwegs, einen Kahlschlag vor sich, schloß er die Augen und lauschte auf das Murmeln, das Singen, das Rauschen, mit dem der Wind in die Bäume am Waldrand fuhr. Er sprach und verwarf Szenen aus seinem Stück; suchte andere und fand sie, ging auf und ab zwischen den Stubben und trat dawider. Grabbe fluchte, lachte, machte die Augen wieder auf und schwankte mit seinem schlotternden Gang auf der kahlen Lichtung hin und her.

»Ja, hier spielt es!« murmelte er. »Im Lippischen Wald. Hier zwischen den Waldschluchten, Bächen, Buchen, Tannen, Lärchen, Eichen, Kiefern und Teichen. Da drüben sind die Bohlenbänke, die Gerichtsstühle aufgeschlagen. Der Prätor auf erhöhtem Sitz, ein Kohlenbecken unter seinen empfindlichen römischen Füßen, etwas tiefer neben ihm sein Schreiber. Vor ihnen die prozessierenden Cherusker, die Bauern – Vieh für den Römer, Vieh, das er über einen Kamm schert, einerlei ob es der Katermeier, die Klopp, der Dietrich oder der Rammshagel ist.« Er schrie:

»Los, Ernestine Klopp, mach das Maul auf, der Römer gähnt schon gelangweilt. Komm ihm herzzerreißend, ruf die Götter zu Hilfe. Da sind sie zu treffen, vor den Göttern haben auch die Römer noch Angst. Avanti!«

DIE KLOPP quengelte: Gott, ach Gott! DER PRÄTOR raunzte sie an: Heraus mit der Sache und laß die Götter weg! DIE KLOPP: Er machte mir das vierte Kind, der Katermeier – und gab mir keinen Heller! PRÄTOR: Du arme Hure. DER SCHREIBER tuschelte dem Prätor zu: Vorsicht! Eine Hure scheint sie nicht.

»Noch nicht, noch nicht«, knurrte Grabbe. »Los, weiter, Schreiber, aber federfuchsiger, spitzmäuliger, klugscheißiger!« Grabbe blieb auf der Lichtung stehen und lauschte angespannt, witternd, warf die Hände wild umher.

DER SCHREIBER näselte: Die großen Rechtsgelehrten Capito und Labeo streiten sich zwar noch über den Begriff Hure, jedoch sind sie sich darin eins, daß viel – multum – fünfundzwanzigtausend bedeute. Die Klägerin sieht aber nicht aus, als ob sie schon durch fünfundzwanzigtausendmaliges Unterliegen zu der Vielheit gediehen sei, welche der Begriff von einer Hure erfordert. Sie ist bloß eine Geschwächte, vulgo stu –

Grabbe sprang auf einen Buchenstumpf, fuchtelte mit den Armen und schrie: »Ernestine Klopp, du siehst mir viel zu fleischlos drein! Der Schreiber hat dir gerade gesagt, daß eine Hure fünfundzwanzigtausendmal auf dem Rücken gelegen und die Männer gemolken haben muß, bis sie eine Hure ist – und daß du noch keine bist! Darauf mußt du doch reagieren, Ernestine: entweder mit Abscheu – oder mit Neid! Das hörst du dir doch nicht an wie ein Wiegenlied. Los weiter, Prätor, sprich das Urteil – aber gähnend, kalt, sachlich.«

DER PRÄTOR von oben herab zur Klopp: Du überlieferst deine vier Kinder dem Staat. Der Verklagte erhält fünftausend Sestertien für sein wohlerworbenes Vierkinderrecht als Prämie vom Kaiser. DER SCHREIBER, schulmeisterlich: Jus quatuor liberorum, versteht ihr? KATERMEIER, verdattert: Eher als diesen Rechtsspruch hätte ich den Einsturz des Himmels vermutet. Wo empfang ich das Geld für mein Kinderzeugen?

Grabbe lachte hell und brüllte: »Los, jetzt gib ihr Saures, Katermeier, zeig ihr den Mann! Der Quästor wird dir außerdem so viele Gerichtskosten aufbrummen, daß du nicht fünftausend Sestertien einsäckelst, sondern noch sechstausend berappen mußt! Deine Klopp aber hat schon den Schaden, gieß den Spott darauf, aber schuftig sanft – du hast den Burgunder der Liebe längst gesoffen, was interessiert dich die miese Neige!«

KATERMEIER nölte hämisch: Stinchen, siehst du? Du hättest die Rammelei, ich meine die Liebe, entweder nicht von mir leiden – oder mich doch nicht verklagen sollen!

»Ja«, schrie Grabbe, »aber noch mehr Schlauberger, noch dümmer schlau! Verkauf die falsche Kuh! Und du, Ernestine – ich werde dem Schreiber noch einen Satz auf die dünne Vipernzunge legen, der dir alle Hoffnung in den Hals zurückstößt. Jetzt packt dich ganz die schneidende Enttäuschung: du bist betrogen; und dann die Wut: du bist obendrein verhöhnt und verschmäht!«

DIE KLOPP: Das hättest du mir nicht antun sollen, Katermeier! Ich leg dir unsre Kinder auf die Schwelle. KATERMEIER: Das tu mal. Ich will den kleinen Plagen schon vorsichtig aus dem Wege gehen.

Grabbe rief: »Ab, Katermeier, ab in die Büsche! Vorwärts, Ernestine, jetzt spring den Römern an die Gurgel, pack sie in deiner ohnmächtigen Wut!«

DIE KLOPP: Ihr Spitzbuben, Katzenverkäufer, Links- und Rechtsverdreher – wer bezahlt mir meine Unschuld? Er hat sie, fort ist er – und ich muß hungern!

Grabbe bog sich vor, stemmte die Arme auf die Knie und hörte zu, gespannt und starr.

DER SCHREIBER, barsch: Gerichtsdiener, stopft dieser Person den Rachen! DIE KLOPP: Oh, hätt ich den und dich Federfuchser unter meinen Zähnen, du solltest bald merken, wie du zu mausern anfingst! PRÄTOR: Peitscht sie an der Gerichtsmark für ihr freches Maul – zum Abschied!

»Sie ist eine Freie!« rief Grabbe dazwischen.

DER SCHREIBER: Mit Erlaubnis – jetzt ward sie eine Gebundene. Gerichtsdiener, dreht ihr die

Arme auf den Rücken – fester, bindet sie und haltet ihr das Maul zu!

Grabbe sprang auf und wankte über die Lichtung. »Ja, so soll mein Stück sein: frisch wie Brot aus dem Ofen!« rief er und klatschte begeistert.

Er hörte Stimmen. Die abgeholzte Stelle im Wald lag wieder leer; aber diesseits des Schleifwegs, auf dem Südhang, standen zwei Menschen, ein Mann und eine Frau, Wanderer, und sahen, hörten Grabbe zu wie vom Donner gerührt. Von weither mußten sie kommen, aus der Ebene, sie keuchten und krauchten. Von Paderborn, von Lippstadt vielleicht oder Soest. Sie kannten den Wald nicht, sie suchten ihn auf, besuchten ihn, kamen gewiß vom platten Land. Nun waren sie erschöpft, unberaten, wollten aber weiter auf den Gipfel, wenigstens noch auf die Kanzel oder auf die Grotenburg, zu dem verstürzten Steinwall. Das lag zweihundert, dreihundert Meter über ihrer Welt, ihrer Börde; aber sie schafften es nicht; die Frau nicht, sie war zu feist und kurz von Atem, plumpbeinig, hielt sich an Strünken fest und Wurzeln, klomm und stöhnte, und ihr Mann konnte ihr nicht helfen, ihr nicht beistehen, er hatte mit sich zu tun.

Grabbe schwankte quer über die Waldblöße, sprang hinzu, nahm die Frau um die fetten Hüften und schob sie aufwärts; sie quiekte nur einmal, ließ es mit sich geschehen, kam auch hinauf, näher zur Kanzel.

»Was tun Sie denn da?« rief der Mann verstört und holte Luft. »Sie –«

»Ich schiebe Ihr Rhinozeros den Teutoburger Wald hinauf«, sagte Grabbe, war schon wieder zwischen den Bäumen, lachte hell und lauschte auf sein Echo.

In der Stadt, am Nachmittag, schlich er im Rosental hinters Theater, blieb stehen, versteckte sich in den Büschen, hockte und sah hinüber, horchte, ob er einen Schrei, einen Klang, ein Wort mitbekäme. Sie probten an dem flirrenden Junitag für das Sommer-Theater draußen vor der Stadt, probten bei offenen Türen, und nach ein paar Sätzen wußte er, daß sie Albini spielten und schlecht spielten, zog eine Grimasse und schlich weiter. ›Zeittöter! Damit schlagen alberne Menschen den Abend tot, ohne ihr Gehirn anzustrengen. Diese vornehme Gesellschaft, die feineren Leute, mit ihrer kastrierten Natur, wo ein eleganter Hut mehr gilt als ein geistreicher Gedanke! Von Geburt an zu Nachbetern und Flachköpfen erzogen. Dafür, für sein Hoftheater, gibt der Fürst pralle Summen aus, dafür, für seine Jagd und für die Galadiners auf dem Schloß! Ein einziges Mal haben sie mich gespielt, *Don Juan und Faust*, einen einzigen Abend, das war vor sieben Jahren! Es war doch kein Mißerfolg, beinah wär's ein Triumph geworden – wenn sie das Stück nur richtig gespielt hätten, mit Bosheit, Kraft und Herzweh. Aber nein, das können sie nicht, sie deklamieren, stelzen und schießen Bücklinge vor der Loge. Theateraffen! Außerdem mögen die Schauspieler mich nicht – sie können mich nicht leiden, weil ich ihnen keine Rühreier backe! Ich bin ihnen zu riesig, und sie sind Kunstlakaien für Hofschranzen und Philister, wissen es auch, im hintersten Hirn wissen sie es. Das vergeben sie mir nicht – und ich habe ihnen die Skandale geliefert, die sie von mir erwarteten. Aus, vorbei, heute ist es mir einerlei. Ich schreibe nicht für dieses System, mein Theater ist die Welt, ich schreibe – ja, für wen?‹, dachte er wieder, ließ die Schultern hängen, bekam seinen schlottrigen Gang und wankte über die Ameide zur Bruchstraße.

Ein fliegender Händler rief frische Heringe aus. Die Hebamme ruderte aufgeblasen an ihm vorbei und kniff die dummstolzen Augen zusammen. Handwerksburschen und Mädchen lachten unbeschwert hinter ihm her, und der Briefträger kam vom Posthaus. Grabbe fragte ihn, ob heute die Nachricht von Düsseldorf eingelaufen sei – ein bedeutender Geldbrief? Nichts.

Dann stand er Unter der Wehme, an der Ecke, ein paar Atemzüge von seinem Haus. Seinem Haus? Ihrem Haus, dem Clostermeierschen Haus, aus dem sie ihn weggeekelt hatte, die Geldglucke, seine Frau. Es stand noch, bieder und grundfest in seinem Fachwerk, war einen Sack voll Taler wert, und er strich im Ausland herum und schnorrte und schrieb für eine Gesellschaft, die nicht existierte, und trank.

Der Schuhmacher, der in der Werkstattür saß, blickte einmal kurz auf, pfiff aber weiter, als sei er, Grabbe, ein Niemand, ein Loch in der Luft. War er ja auch, abgerutscht, heruntergekommen. Aber er kam auch wieder hinauf, schon bald, noch in diesem Jahr, wenn erst die richtigen Köpfe seinen *Hannibal* gelesen hatten, wenn erst das neue Stück fertig war: ›Meine Bewunderer werden wachsen, wie die Pilze aus dem Boden schießen!‹

Zuerst sah er die Magd, mit ihrem Weidenkorb kam sie aus der Haustür, hielt sie auf, und dann sah er Luise. Grabbe trat rasch in eine Toreinfahrt. Ein Hund knurrte, blieb aber vor seiner Hütte liegen und klopfte mit dem Schwanz den gestampften Erdboden. Grabbe drückte sich an die Wand und sah um den Eckpfosten.

Sie war zehn Jahre älter als er gewesen, doch inzwischen war sie drei Jahre jünger, dachte er, als sie näherkam. Noch immer der üppige Wuchs, das dichte, brünette Haar und das stolze Kinn, die Stutenaugen, der erdfeste Schritt. Da war sie schon vorbei an der Toreinfahrt, hatte ihn so wenig gesehen, zur Kenntnis genommen wie der Schuhmacher und ging mit ihrer Magd in den Krämerladen.

Er sah hinter ihr her, fragte sich: ›Warum ist es so gekommen, Luzie, wir haben uns doch einmal gemocht, vor fünf Jahren; vor dreien noch haben wir geheiratet, was ist uns geschehen, Luzie?‹

Sie bog jetzt in die Krumme Straße ein. Er stolperte ein paar Schritte hinter ihr her. ›Wir haben uns doch einmal geliebt‹, dachte er, wütend und zärtlich, und sah sich scheu um. ›Nur keine Sentimentalitäten, Grabbe, nur nichts Weiches! Haben wir uns geliebt?‹ fragte er sich und wankte in gehörigem Abstand hinter seiner Frau her. ›Geliebt, geliebt habe ich Henriette. Vielleicht – wenn ich überhaupt jemanden geliebt habe. Mich jedenfalls nicht. Aber immerhin, da war doch etwas, Herzschlag bis in die Kehle und flirrende Blicke, halb ausgesprochene Worte, Briefe und Küsse und Nächte und Tränen – und Pläne, Wünsche, Ideale. Ideale!‹ dachte er. ›Wer mit Idealen in dieses Leben geht, verläßt es als ausgekälteter Menschenfeind.‹

Der Hund – jetzt, als Grabbe längst aus der Toreinfahrt weg war, hinter Luise herschlich, um sie zu sehen, aus der Entfernung, wurde der Hund boshaft und sprang hinter ihm her, bellte rasend und schnappte nach den Beinen der weiten, schwarzen Hose. Grabbe rannte so schnell es seine unsicheren, zu kleinen Füße erlaubten, aber der Hund ließ nicht von ihm ab. Grabbe mußte immer wieder stehenbleiben und mit dem Schirm nach dem Köter schlagen. Schließlich bückte sich Grabbe, las einen Stein auf und schleuderte ihn dem Hund an den Kopf. Er traf ihn in ein Auge. Wahrscheinlich war es verloren, lief aus. »Hoffentlich!« knurrte Grabbe. Der Hund jaulte himmelan, zog die Rute ein und schleppte sich geduckt und winselnd in seine Hütte.

Grabbe sah sich um, Luise war weg. Er zog den Mund schief; sein Gesicht wurde blaß und höhnisch. »Ich bin mir einer!« sagte er, grinste, drückte die Mütze tiefer und schleppte sich weiter.

Hinter der Stadt, von Pivitsheide her, sangen Soldaten.

Vor der Dunkelheit saß Grabbe bei seiner Mutter in der Wohnküche am großen Tisch, aß Eierpfannkuchen und trank Bier dazu. Wilhelmine setzte neue Flicken auf die Ellenbogen seines braunen Fracks, und die Alte hockte auf dem Holzkasten neben dem großen Ofen, kraulte die Katze und lamentierte, wie die Frau Auditeurin, die Clostermeiersche, sie in der ganzen Residenzstadt Detmold schlechtmache, als ein Stück Vieh aus dem untersten Volk, und sie schneide, als habe sie die Krätze oder den Kopf voller Läuse. Einen staupigen Hund behandle man besser, und sie sei doch die Mutter von ihrem Krischan und bleibe es.

»O Herr Gott, o Herr Gott!« fluchte Grabbe, sprang auf und fragte, ob es denn wirklich wahr sei, daß die Henriette Meyer, seine Zweimal-Braut, gestorben in Stolzenau mit dreiundzwanzig Jahren und der Blaufärber wieder Witwer?

»Jo, Krischan, seu es jo wal daut.«

Grabbe fiel seiner Mutter um den Hals und schluchzte. »Jetzt ist sie ganz mein!« sagte er. »Makellos! Ein Stern über ihrem Grab.«

Die Alte griff in den Küchenschrank, goß sich ein Gläschen Schnaps ein und trank es rasch aus.

»Suip Kaffee, Motter!« sagte Grabbe und legte die Hand auf Wilhelmines Nacken. Die Alte redete sich in Rage, wie die Frau Auditeurin auf ihrem Geld sitze, das Pfauenrad schlage, und sie selbst habe nur vierzig Taler Rente im Jahr, und wenn Krischan ihr nicht die sechs bis zehn Taler hinzulege, dann müsse sie montags zwischen den Zähnen stochern, als ob sie sonntags Fleisch gegessen hätte! Gut, daß der Zuchtmeister und Leihbankverwalter Adolf Grabbe das nicht mehr erleben müsse und in Frieden an der Weinbergstraße ausruhen könne. Warum ihr Krischan nicht wieder in seine eigene Wohnung ziehe, wo er seine schönen Sachen habe, seine Porzellanuhr, sein Sofa, seine Kommoden, sein –

»O Herr Gott! O Herr Gott! Die Frau will mich nicht im Haus haben!« polterte Grabbe los. Er müsse auch erst seinen *Hermann* vollenden, die Madame lasse ihm keine Ruhe dazu. Und gleich danach: seine Mutter dürfe um Himmels willen nicht den Garten am Knochenbach verkaufen! Er wolle in der Laube wohnen und da seine neuen Dramen schreiben. Einen *Alexander* und dann, in erhabenem Stil, einen *Christus*! Danach mache ihn der Fürst gewiß zum Geschichtsschreiber seines Vaterlandes Lippe.

Die Alte steckte ihm einen Klöwen in die Tasche und schimpfte weiter, die aufgedonnerte Madame lasse ihren Krischan verhungern, »und wir haben ihn auf die Universität gehen lassen, nach Leipzig, nach Berlin, mit unserm letzten Geld.«

»Suip Kaffee, Motter!« murmelte Grabbe.

Er rannte durch die Küche, zog seinen braunen Rock wieder an und betrachtete ihn. »Er ist lebensmüde«, sagte er. Grabbe langte das Tintenfaß hinter der Mehldose vor und schüttete es auf die Katze. Sie schnellte in die Luft und dann auf den Sorgenstuhl, über die weißen Gardinenbetten und ornamentierte dabei die ganze Stube. Wilhelmine schrie auf und sprang hinter der Katze her. Die Alte kreischte: »Wat sint dat för Narrenstreuche! Diu bist en gans unkläuken Jungen!«

»Diu aule Katte, Katte!« stammelte Grabbe, »drink äust mol!«, und zog seine Mütze tiefer. Er rührte seiner Mutter eine Tasse Tee mit Zucker und Rum zurecht. Wilhelmine setzte die verbiesterte Katze vor die Tür und fing an, die abertausend Tintenflecke aufzutrocknen. Die Alte schimpfte lauter, mußte aber zwischendrin immer wieder lachen und husten.

Kreimeier kam herein, in Sergeanten-Uniform vom Grenzdienst, und salutierte vor Grabbe. Grabbe griff in die Hosentasche und warf einen Taler vor seine Mutter auf den Tisch. »Lick mui mol in'n Ees, Motter!« sagte er und stolperte fort.

Im ›Posthaus‹ hockte Grabbe spätabends allein in der Ecke vor seinem Punsch. Drei Schauspieler, die aus dem Sommertheater nach der Vorstellung in die Stadt gekommen waren, wollten ihn an ihren Tisch ziehen.

»Laßt mich zufrieden«, murrte er, »ich mag heute niemanden.«

Ob er nicht vorankomme mit seinem neuen Stück?

»Ich bin bald fertig. Das Stück beginnt wahrscheinlich auf der Gauseköte im Vorfrühling, unter hellem Schneewetter.«

»Na, dann werden ja wir's wohl im nächsten Winter hier spielen?«

»Es ist nichts für euch.«

So? Wo er denn sonst aufgeführt werde? Sicherlich in Berlin, in Paris?

»Ja, da auch.«

»Kurios, gerade da haben wir Kollegen – sie haben nichts davon gehört.«

»Bald«, sagte Grabbe.

»Und in welchen Theatern noch, wenn man fragen darf?«

»In Koblenz«, log Grabbe, »in Lüneburg, in Augsburg.«

»Oho! Fast schon ein Welterfolg!«

Grabbe wandte sich ab und trank. »Laßt mich«, sagte er noch einmal mit welker, klangloser Stimme.

Wollte er's nicht doch hier am Detmolder Hoftheater einreichen, das neue Stück? Immerhin, es spiele in der Nachbarschaft, auch auf der Grotenburg, höre man, und die Pichlersche Truppe sei hoch angesehen in ganz Deutschland – »trotz Ihrer abfälligen Kritiken, Herr Auditeur!«

»Im Ernst«, sagte der älteste der Schauspieler, Gladbach, »ich halte etwas von Ihnen!«

»Zu gütig«, brummte Grabbe. »Soll ich jedem Esel die Pfote drücken, der mich lobt? Hoftheater! Ihr stellt doch keine Menschen dar, wie sie leibhaftig und wirklich sind, oder Schillers Menschheitsideale – ihr deklamiert sie nur, ihr zierpuppt! Wie oft hab ich in euren Tragödien mich naßgelacht und bin in euren Komödien schwerblütig geworden. Eisheilige seid ihr, mit Heldenfratzen, keine Vulkane! Ihr habt nur Fotzenfeuer, kein echtes. Keine Himmelsbläue, keine Sternennächte in eurem Spiel!«

»Der alte Kehrreim der erfolglosen Autoren!« rief Scholz, der im Theater gesetzte Helden- und Charakterrollen spielte, in Grabbes Angriff. Ob das nicht auch ein wenig, ein klein wenig, an den Herren Dichtern läge? Seit Goethes Tod –

»Ziericht«, sagte Grabbe dumpf. »Unwahrheit. Weimarischer Schnickschnack. Schmus in Marmor. Der Kerl schreibt selbst in seinen privatesten Briefen einen affektierten Stil – und dann geht es doch nur um die Einladung zum Schweinebraten.« Von Politik und Macht und Hunger und Gier habe der nichts verstanden, gar nichts – und das seien die Treibräder der Weltgeschichte.

»Aber Schiller!« rief der junge Krüger.

»Ach, der auch nicht viel mehr, er schwärmte nur darüber.« Schillers Idealismus sei heute ein

Roß ohne Arsch und ohne Gemächte, voller Unnatur und Sentimentalität. »Es wiehert noch einmal, aber es lebt nicht mehr lange.«

Na, er flicke aber ruppig am Zeug! »Saure Trauben, Grabbe!« höhnte Scholz.

Grabbe sprang auf. »Lassen Sie den Auditeur nicht weg, Herr von Klassizynski!« sagte er. »Ich bin nach acht Jahren in Ehren aus meinem Amt geschieden – mit Titel und Uniform!«

»In Ehren?«

Grabbe ballte die Faust, loderte auf, fing sich aber, kehrte an seinen Tisch zurück und trank seinen Rum aus.

»Sehen Sie doch in den Shakespeare«, sagte er und pendelte mit dem Oberkörper unruhig hin und her. »Da haben Sie eine Welt! Und was für eine Welt? Eine Welt voll Irrsinn, Wut, Grauen, Spiel im Blut, Haß, Mord, Liebe, Rache – nichts von diesen abgefressenen Idealen, den verblasenen Schalmeien dünnen, wohlfeilen Mitleids.«

»Aber Goethe!« rief der junge Krüger verwirrt. »Goethe ist doch viel humaner, menschlicher –«

»Menschlicher? Er ist nur netter. Diese Leonoren – Seelengezwitscher!« Goethe habe immer nur über sich und Gretchen geschrieben, in all seinen Werken gehe es im Grunde um Wolfgang und Gretchen. »Aber da ist noch draußen eine Welt! Es ist ihm nicht gut bekommen, daß er nie Nahrungssorgen hatte, nie die ordinäre Not kennenlernte. Dichtung ist die Tochter des Schmerzes – Goethe hat nie wirkliches Leid erfahren, außer unglücklicher Liebe, und die hat er genossen.« Nein, da sei doch Schiller von andrer Statur. Schiller und Shakespeare hätten ihn einst zum Dichter gemacht, der *Demetrius* habe ein gutes Stück werden können.

»Na immerhin!« sagte Scholz und bestellte bei der Wirtin, die mit beiden Ellenbogen auf der Theke lag, die nächste Runde.

»Sie auch, Grabbe?«

»Rum! Rum! Was tu ich mit einem Pferd ohne Schwanz! Rum wärmt mir das Blut in eurem Schlackerwetter. Ein großes, ehrliches Glas! Meinetwegen spielt auch Schillers erdachte, konstruierte Moral, aber dann im Kampf gegen das blutige oder kalte Ungeheuer, das weltmächtige Böse – im ehrlichen, lebenslangen Krieg, nicht im wohlfeilen Pyrrhussieg für einen Abend! Wirklichkeit – keine nachgebauten Luftschlösser mit Löchern im Dach, durch die Ewigkeit hereinbläuen soll – aber draußen blitzt's und schneit's und wird gehungert, gemordet. Menschen aus Fleisch und Nerven und Geist und Blut, keine idealistischen Hosenmätze, die sich für Erzengel halten, bis die nächste Schafskälte kommt – und dann in Jamben quengeln oder sterben wie Tenöre und andere Singbestien.«

Da liege Grabbes Hund begraben, schrie Scholz – Grabbe versöhne nicht! Die Versöhnung aber sei die klassische Aufgabe aller –

Grabbe spuckte hinter sich und bleckte die Zähne.

»Versöhnung!« höhnte er. »Sehr schön! Schön wie eine Hochzeitspredigt! Aber reden wir vom

Katechismus oder von Kunst, vom Theater – also dichtester Wirklichkeit? Es gibt keine Versöhnung in der Geschichte, im Leben, in der Welt. Ist Ihnen das noch nicht auf den Magen geschlagen, da es Ihren Kopf wohl doch nie erreicht? Immer nur Spiel im Blut, Irrsinn, Liebe, Schacher und Mord – immer nebeneinander, gleichzeitig. Haben Sie darüber einmal nachgedacht, eine einzige Stunde lang, Sie Papagei aus den Tropen Weimars? Haben Sie das Wort Tragik einmal – ach nur: buchstabiert?«

Grabbe trank und wurde plötzlich rot.

»Hoch lebe die Ratte!« schrie er und versuchte zu lachen. Er schob den Oberkörper rasch vor und zurück.

Gladbach zog ihn an den langen Tisch. Grabbe kam, seufzte, setzte sich abseits, wurde wieder einsilbig.

»Herr Grabbe«, sagte Gladbach wohlwollend, »Herr Auditeur nenne ich Sie nicht, Sie sind mehr: Sie sind ein Dichter, ein Theaterdichter! Nur, um Himmels willen: warum schreiben Sie keine Stükke, die unsereins spielen kann? Ihre Stücke werden nicht aufgeführt, Herr Grabbe – nicht weil sie schlecht sind, sie sind gut, rauh und verrückt und kräftig, aber sie sind nicht spielbar! Sie pfeifen auf die Gesetze des Theaters, Herr Grabbe, doch ein Theaterdichter, der die alten, ewigen Gesetze der Bühne nicht respektiert, der verurteilt sich selbst zum Mißerfolg, zu seinem Unglück!«

»Ach, Erfolg, Ruhm, Liebe und Glück oder wie all das Zeugs heißt – mit mir hat's nichts zu tun.«

»Aber auf der Bühne –«

»Welcher Bühne welches Theaters?« belferte Grabbe. »Eures Hoftheaters! Eurer Damentheater! Wen spielt ihr denn? Gemütspilze und Nachkläffer. Die Zeit war immer noch der beste Kritiker. Sie wird entscheiden. Kommt Zeit, kommt Grabbe.«

»Nein, er kommt eben nicht, Herr Auditeur!« Weil man ihn nicht aufführen könne! Da bringe er zum Beispiel in seinem *Napoleon* das Volk auf die Bühne – wie denn, wie solle das ein Regisseur machen, inszenieren?

»Das Volk ist eine wunderbare Erscheinung«, murmelte Grabbe und starrte in sein Glas. »Die Individuen, aus denen es besteht, sind in der Regel nur mittelmäßig; die Helden ein blutiges Unglück – das auf das Volk fällt!«

»Sie sind also für die freie Masse, Grabbe?« fragte Krüger gespannt.

»Die Masse ist eine Bestie, ein bissiger Hund. Je mehr Prügel, desto folgsamer. Ich bin nicht für die Masse, ich bin für das Volk und sein Genie.«

»Das verstehe ich nicht, Herr Auditeur«, sagte plötzlich der Junge der Wirtin, der am Fenster über seinem Schulbuch saß, aber jedes Wort aufschnappte.

»Na, dann wird es dir ja imponieren.« Grabbe blickte rasch hinüber. Er lächelte. »Wie heißt du?« fragte er.

»Dietrich.«

»Dietrich – das geht nicht! So heiße ich ja schon! Von heute an sollst du Gottlieb heißen. Früher, in meinem Lustspiel, da habe ich einen Gottlieb durch einen niedergedrückten und versumpften Schulmeister zum Tölpel gemacht. Dir werde ich einen hellen, einen erleuchteten Kopf aufsetzen! Dein Alter?«

»Sechzehn.«

»Gut, Gottlieb. In dem Alter habe ich meinen *Gothland* begonnen.«

»Ihre Schlachtenszenen, Herr Auditeur!« rief Gladbach dazwischen. »Wie soll man jemals ganze Schlachten, Waterloo, auf die Bühne bringen? Die Klassiker haben den Botenbericht – das ist Theater, das ist bühnengerecht!«

»Notbehelf«, sagte Grabbe. »Gemogel. Bühnengerecht? Weltgerecht, darum geht es doch.«

Er trank in kleinen, raschen Schlucken.

»Meine Schlachten. Ich bin zum General, zum Feldherrn geboren, für die deutsche Nation – wußten Sie das nicht?« sagte er schneidend.

Er reckte sich auf, nahm die Napoleonspose ein, fand Beifall und verzog vor Ekel das Gesicht.

»Aber lieber Grabbe«, sagte Gladbach und rückte näher, »seien wir doch ernsthaft: Ihre Dramen sind zu breit für das Theater, sie zielen nicht auf den Punkt.«

Grabbe trank und schüttelte sich.

»Ich gehe in meinen Stücken stets auf den Punkt!« sagte er matt. »Doch ein dramatischer Punkt ist spitz wie das Straßburger Münster in seiner höchsten Höhe. Um diese Spitze zu erreichen, muß man breit, episch-dramatisch, unterbauen. Nicht mehr der Held mit seinen Unterhosengeschichten, seinem Muskelspiel, seinen Geistesblitzen, nicht mehr das Individuum und seine vereinzelten Taten... Mehr darf ich nicht schreiben, die Zensur schnitte es ab... Auch das Volk und die Verhältnisse... In meinem *Napoleon* habe ich diese literarische Revolution ja schon gemacht, in deutlichen Gestalten, doch außer Immermann und ein paar andern Köpfen, die's genial fanden, hat es nur niemand auf der Welt gemerkt! Noch zu Goethes Zeiten haben sich die Leser jahrelang um Bürgers Balladen gestritten; heute ist die Literatur ein Meer, in dem niemand mehr vor lauter Jauche die Golfströme findet.«

Grabbe trank, preßte die Oberlippe auf die Unterlippe und sah weg.

»Aber auch Sie wollen doch bei Licht besehen eines: Erfolg haben, machen wir uns nichts vor, Grabbe! Sie gehen sonst zugrunde –«

»Hoch lebe die Ratte!« rief Grabbe.

»Grabbe, ein Theaterdichter muß –«

»Hören Sie mit Ihrem Schweinekram auf!« schrie Grabbe. »Ich habe nie für die Bühne schreiben wollen, wie sie heute ist, weil ich gar nicht für diese Gesellschaft schreibe, die nur Ruhe, Gold, Genuß will. Bildung und Kultur ein paar vielleicht noch –«

»Aber, zum Teufel, was soll denn die Kunst anderes«, rief Scholz und griff sich an die Stirn, »als unterhalten und bilden – id est: Kultur?«

»Erforschen ... Entdecken«, sagte Grabbe müde. »Sehen Sie... Das Grönland des Menschen und sein Afrika... Nicht unsere verkümmerte, blasierte, ausgetrocknete Welt ... Aufrichtig gestanden: mein Theater hat so viel mit Kultur zu tun wie ein Elefant mit der Elfenbeinschnitzerei... Wie ein Stier mit einem Festbratenstück... Ich habe... Nein, Sie müssen meiner nicht spotten...«

Er verstummte in dem Gelächter, das um ihn aufkam, steckte die Hände in die Ärmel seines Fracks, errötete noch einmal und starrte vor sich hin.

»Aber –«

»Hoch lebe die Ratte!« wiederholte Grabbe leise und setzte sich weg, an seinen Seitentisch.

»Aber –«

»Ich schreibe für die zukünftige Bühne, nicht für euer Huren- und Herrentheater! Das deutsche Theater muß aristophanisch werden!« tobte Grabbe plötzlich heraus. Es müsse die faulen Flekken in der Gesellschaft zeigen: einfach, erschütternd, ohne Firlefanzerei. »Tragisch und doch lustig! Ich werde euch einen *Eulenspiegel* schreiben, da könnt ihr sogar diesen verfluchten, göttlichen englischen Pferdedieb vergessen, der mir schon so viel vorweggedichtet hat!« prahlte er. »Das Volk will deutsche, keine englische Originalität! Außerdem, eines hat selbst Shakespeare nicht: seinen Stücken fehlt die konzentrische Idee, der gordische Knoten.«

Starker Tobak; wen er denn überhaupt gelten lasse, außer sich selbst natürlich, vielleicht noch Heine?

Grabbe trank schärfer und maulte: »Ach, Heine ist nur ein Fetzen von Byron. Diesem talentierten Juden, der für die elegante Welt schreibt, habe ich in Berlin einmal das Messer an die Kehle gesetzt und dabei gelispelt: ›Dich schlachte ich jetzt ab wie ein Huhn!‹ Der Kerl hat sich nicht einmal gewehrt.«

»Aber was sollte Heine mit Ihnen tun, sollte er Sie zum Duell fordern?« fragte der junge Krüger aufgeregt.

»Nein, derartig war die Sache nicht.«

»Sollte er Sie prügeln, obwohl er doch körperlich noch schmächtiger ist als Sie?« spöttelte Scholz.

»Nein, das wäre alles nicht zureichend.«

»Ja, was denn?«

»Morden«, sagte Grabbe. »Er hätte mich morden müssen.«

Er wankte zur Theke und ließ sich von der Wirtin noch ein Quart Rum eingießen. Gladbach sprang auf, fuhr sich durchs Haar und deklamierte ergriffen:

»,Italia! Herrliche, um die ich siebzehn Jahr warb, die ich geschmückt mit eignem und mit Konsulblut, *so* muß ich dich verlassen? Nichts bleibt mir von Dir, die ich mitreißen möchte übers Meer? Du, ganz anders als das finstre Karthago und sein heißes, trübrotes Firmament, Du, prangend mit Helden, die nur vom Ruhm und Eisen, nichts vom

Gold wissen – nie erhabener, als da ich Dich zu meinen Füßen wähnte, und Du Dich aufrichtetest zu dem Gewölbe Deines ewig blauenden Himmels!'«

»Mensch, du hast keinen Rhythmus«, murmelte Grabbe in seiner Ecke.

»,Nun, Römer, entzieht sich euch ein verbannter, greisender Mann, vor dem ihr gebebt, bis sein letzter Atem dahin –'«, rezitierte Gladbach bewegt und trank sein Glas aus.

»,Gift zu eurer Gesundheit! – Ei, wirkt es noch nicht bei mir? Das währt lange! – Ha, da – es kommt – Schwarzer Pilot, wer bist du?'« Gladbach schloß erschüttert, ließ sich auf seinen Stuhl sinken und sagte zu Grabbe: »Ihr *Hannibal* ist ein großes Stück. Aber Sie dürfen die Menschen nicht verachten, Grabbe, es ist das Ende – das Ende auch aller Kunst.«

Grabbe brummte: »Die Menschen sind vor allem eines: dumm. Ach, reden wir doch von anderem Mist.«

»Von Ihrer Frau!« brüllte Scholz, der jetzt betrunken war. »Sie wird nach Ihrem Tod Ihr Leben beschreiben – sie wartet schon darauf!«

Gladbach fuhr ihn an, aber Grabbe sagte kalt: »Von meiner Frau? Warum sollen wir nicht von der Frau Auditeurin reden? Schade, daß fürs Ehebett noch keine Maschinen erfunden worden sind, die den Mann bei dem ekelhaften Zeugungsgeschäft ersetzen könnten!«

Er stieg linkisch auf den Tisch und bellte heiser

wie ein Marktschreier: »Edle Herrschaften! Erhabene Teufelsschwänze! Ich rufe zur öffentlichen Versteigerung aus die Frau Auditeurin Grabbe, geborene Clostermeier, zu Detmold in Lippe, wohnhaft Unter der Wehme. Wer mir eine Stube bietet samt Tisch, Stuhl und Bett, sowie fünfzehn Groschen am Tag, kann sie von Herzen gern noch heute nacht haben! Die Frau hat Titten, die Romulus und Remus das Wasser im Maul zusammenlaufen lassen könnten – ich verbürge mich dafür. Ihr Steiß ist delikat, klassisch, weimaranisch, idealistisch, humanistisch, voller Anmut und Würde: es ist der Steiß der Steiße!«

»Du hast ihn nur nicht oft und mannhaft genug geritten!« rief Scholz. »Auch das konnte dieser alte Hurenbock in Weimar doch besser! Das ist's, was deiner Frau fehlt, darum ist eure Ehe so ein Skandal! Der alte Hurenbock –«

Grabbe sprang vom Tisch auf, packte Scholz am Hals und sagte schneidend: »Kanaille! Was nimmst du dir gegen den großen Goethe heraus!«

Gottlieb sah und hörte angespannt zu. Die Wirtin kam rasch hinter der Theke hervor und trat zwischen den Schauspieler und Grabbe. »Mit Ihnen könnt ich nicht eine Nacht unter einem Hausdach zubringen, viel weniger unter einem Oberbett! So von seiner eigenen Frau zu reden! Und dann auch noch Maschinen – daß mich Gott bewahre!« knotterte sie Grabbe an und mußte doch plötzlich lachen.

»Hoch lebe die Ratte!« murmelte Grabbe erschöpft. Er nahm den Rest Rum, schüttete ihn hinunter und schwankte an seinen Ecktisch.

Eine Zeitlang dämmerte er vor sich hin, dann kniff er die Augen zusammen und sah den Schauspielern zu, die weitertranken, Albini und Müllner deklamierten und in ihre Rollen fuhren. In seine Rollen allmählich! Endlich doch in die Rollen, die er, Grabbe, ihnen geschrieben hatte! Jetzt saßen Rattengift, Mollenfels, der Schulmeister dort am Tisch und soffen, Gottlieb neben ihnen, gestikulierten wild und agierten. Sie deklamierten nicht mehr sentimentale Puppen, schnarrende Automaten und edle Gauner, nein, jetzt spielten sie phantastisch und frisch sein Stück *Scherz, Satire, Ironie und tiefere Bedeutung.* Vor vierzehn Jahren, achtzehnhundertzweiundzwanzig, hatte er's hingeschrieben, in einem Sommer, und jetzt führten sie es hier auf, in Detmold, seiner Heimatstadt, zum ersten Male – und spielten es so, wie es gespielt werden mußte, wie er's geschrieben, vor Augen gehabt hatte: lustig, teuflisch, grotesk! Grabbe trank, stützte den Kopf auf die Fäuste und griente. Er schloß die Augen und hörte, beobachtete exakt und enthusiatisch die Szene.

Der Schulmeister und Gottliebchen traten auf die Bühne, jeder mit Weinflaschen bepackt. DER SCHULMEISTER sang herzlich versoffen: Vivat Bacchus, Bacchus lebe, Bacchus war ein braver Mann! Er schnarrte Gottliebchen an: Du alberner Pinsel, sing doch mit! Das geistesarme GOTTLIEBCHEN quäkte: Vivat Bacchus, Bacchus lebe, Bacchus war ein braver Mann! MOLLFELS jammerte gemartert: O Gottliebchen, du krächzest ja, daß sich die Steine Ohren wünschen, um sie sich nur zustopfen zu können! – Hähä? rief DER SCHULMEISTER. Hat der Bube nicht 'ne allerliebste Stimme? Ich habe schon zweiundzwanzig Briefe von den Sirenen in meinem Pulte liegen; sie wollen ihn durchaus unter sich engagieren, allein ich antworte ihnen jedesmal, daß er noch zu jung ist. – Langnasiger Knittelmagister, jammerte RATTENGIFT, laß das Windbeuteln und setz Gläser auf den Tisch! – Da stehen sie! sagte DER SCHULMEISTER und rammte die Flaschen daneben. – Rasch denn, eingeschenkt! jubelte RATTENGIFT. DER SCHULMEISTER flötete: Geduld, Geduld, 'ne halbe Minute! Er schoß zum Bett, riß ein Bettlaken herunter und wickelte es sich um den Kopf. MOLLFELS fuhr zusammen. Donnerwetter, Herr Schulmeister, was ist das für eine tolle Verkappung? stammelte er. Bloße Vorsicht, Herr Mollfels, bloße Vorsicht! Wegen des Umfallens besaufe ich mich gern mit verbundenem Kopfe! MOLLFELS klatschte sich auf die Stirn und rief: O du weiser, du erfahrener Praktikus! Als dein demütiger Schüler ahme ich dir stracks in deiner Vorsichtsmaßregel nach! – Und ich des gleichen! kreischte RATTENGIFT. Sie stürzten zum Bett, rissen zwei Laken los und umwickelten sich ihre Köpfe. Wahrhaftig, ihr Herren, dozierte DER SCHULMEISTER, unsre drei Köpfe nehmen sich in den ungeheuren Bettlaken wie drei unglückliche, in die Mitte des Milcheimers gefallene Fliegen aus! MOLLFELS brummte sanft:

Schulmeister, erzählen Sie uns während des Zechens eine Geschichte aus Ihrer Jugendzeit! – Ja ja, aus Ihrer Jugendzeit! flehte RATTENGIFT. DER SCHULMEISTER fuhr herum und nahm Gottliebchen, der in einer Ecke stand und am Daumen lutschte, am Schlafittchen. Du hämischer, neidischer, kaltblütiger, heimtückischer Racker, weswegen stehst du da im Winkel und rührst keine Lippe? Du Schuft willst wohl nüchtern bleiben und dich über uns mokieren? Sauf mir stante pede diese Bouteille aus, oder ich beiße dir den linken Daumen ab! GOTTLIEBCHEN schnappte nach der Flasche und machte sich mit schmatzendem Vergnügen darüber her.

Grabbe brach in gelles Gelächter aus, die Schauspieler fuhren verdattert herum, doch er wurde auf der Stelle still und unnahbar, stand auf, strich dem Jungen durch die Haare und sagte ruhig zur Wirtin: »Bringen Sie den Schauspielern noch zwei kühle Flaschen Rheinwein! Falls mich meine Frau wieder ins Haus nimmt, kann ich's bezahlen. So lange aber bürge ich dafür, so wahr der Fürst Leopold II. von Lippe seinem ehemaligen Auditeur Grabbe helfe. Amen! Auch ich habe Durst. Nein, vielmehr: mich dürstet. Nach diesem Teufelsstück dürstet mich. Noch eine Idee Rum!«

Er rieb sich die Augen und fletschte die Zähne. »Soll ich euch beißen?« plärrte er die Schauspieler an. »Ich habe euch ja schon gebissen, und das schwärt noch ein Jahrhundert.«

Drei Tage darauf saß er mit Gottlieb im Gesellschaftszimmer der ›Stadt Frankfurt‹. Er wollte dem Jungen, dem er gut war, Nachhilfeunterricht geben: Geschichte, Erdkunde, Literatur.

»Erdkunde und Geschichte, das waren meine Fächer, da konnte ich was«, sagte Grabbe. »Am liebsten habe ich Reisebeschreibungen gelesen: Rußland, China, Karthago, das Römische Reich – bevor die Dichter mich in den Schwitzkasten nahmen: Aristophanes, Shakespeare, Byron, Schiller.« Er trank Rheinwein mit Meinberger Wasser, war freundlich und jung.

»Unser Geschichtsprofessor im Gymnasium«, sagte Gottlieb, »lehrt alles anders als Sie! Der Hannibal sei am Raum gescheitert, an der Entfernung von seinem Vaterland, von Karthago. Kein Nachschub –«

»Der Bulk!« rief Grabbe. »Alles Quark, den haben sie auch uns schon in die Ohren gestopft, aber ich hatte einen lutherischen Dickschädel, damals schon. Der Kerl, Hannibal, hat die Pyrenäen und die Alpen bezwungen, Gottlieb! Die Alpen im Winter – und das mit sechzigtausend Mann und mit Elefanten. Stell dir das einmal vor Augen, Gottlieb, mit siebenundfünfzig Elefanten! Die standen da oben auf den schneeigen Gipfeln, hoben die Rüssel und trompeteten in die Alpentäler und Hütten, daß die Melkerinnen von den Schemeln flogen. Und erst die närrischen Kühe. Stell dir das einmal vor!«

Nein, Hannibal sei nicht am Raum gescheitert und nicht an dem Schicksal, das ihm die Berge, die

Flüsse, dieser lange Reiterstiefel Italiens bereiteten – »das hatte er alles im Griff, darüber war er Herr, der Kerl. Er fegte über die Römer weg wie ein Elefant über eine Herde Schildkröten, Gottlieb! Sie blieben hinter ihm in ihren Erdspalten und grübelten noch dumm, da war er schon an der Trebia, am Trasimenischen See, bei Cannae, vor den Toren Roms – der sah mit seinem einen Auge mehr als alle ihre Gänse auf dem Capitol und selbst ihre Adler. Nein, gescheitert, gescheitert, Gottlieb, ist der an etwas ganz anderem: am Neid der vergreisten, geldgeilen Dreimänner an der Spitze der Regierung und an der Dummheit, der Gleichgültigkeit der Bürger – an der schofelen Gewinnsucht dieser Krämer daheim in Karthago. Daran, und daß da keine Religion, kein fester Haltepunkt im Staat mehr war; und daran, daß Hannibal nach Rom gehörte, schon ein Römer war in seinem politischen Charakter, aber das kannst du vielleicht noch nicht verstehen – wie sich Karthago in Scipios Helm und Harnisch brennend abspiegelt, und Hannibal in der Nacht des Todes erlischt.«

Grabbe trank einen Schluck. Noch war niemand sonst in dem Gesellschaftszimmer; er fühlte sich unbedroht, fror heute auch nicht. Gottlieb las in einem Exemplar des *Hannibal*, das Grabbe ihm geschenkt hatte, mit der Widmung: ‚Einem der fünf ehrlichen Freunde, die ich in Detmold habe.'

Grabbe steckte sich eine Tonpfeife an und schob seine Brille auf die Stirn. »Dieser Geldpöbel!« sagte er. Auch nach 1815 hätten die Speckjäger die Ideale der Revolution und der Freiheitskriege samt der kalten Größe Napoleons verraten und sich wieder nur dem einen gewidmet: der Erzeugung von Reichtum. Widerlich! »Auch nach 1830, als im Juli unsere Hoffnung noch einmal froh wurde. Aber sie lebt noch in Europa, die Revolution, sie holt nur Atem.« Robbespiere habe recht getan, daß er vor allem Leute über fünfundzwanzig köpfen ließ. »Sie paßten nicht in seine Republik, waren nur Aasfliegen! Die Jungen sind's doch, die übermorgen die Welt regieren.« Grabbe kam in Rage und trommelte auf den Tisch.

»Beim Hambacher Fest«, sagte Gottlieb, »haben die Studenten wieder Freiheitslieder gesungen, sagt Prorektor Preuß, zwanzigtausend Menschen haben gesungen: ,Was ist des Deutschen Vaterland?'«

»Papperlapapp!« Grabbe wurde unwirsch und stopfte Gottlieb den Mund. »Das Hambacher Fest war nur albernes Zeug! Da haben ein paar geistesarme Trompeter von Revolution und einem Volksparlament gefaselt und sich an der Freiheit besoffen; aber als es am anderen Morgen in dieser schurkenvollen Welt zur Tat kommen sollte, da hatten sie einen demokratischen Kater und sind, alla tedesca, das Vaterland, Menschenliebe und Freiheit im Maul, wieder brav nach Heidelberg in ihre Philisterhöhlen heimgeschlüpft.«

Grabbe sah düster vor sich hin. Auch er habe einmal den Sauerteig der sozialen Gärungen vorantreiben wollen, Schluß machen wollen mit der knechtischen Vergangenheit: zerstören, um frisches Terrain zu gewinnen, wie der junge Schiller! Aber hierzulande –

Grabbe blickte sich um, verstummte, legte den Arm um Gottlieb und malte mit Weintropfen grotesk entstellte Menschen auf den Tisch.

»Weißt du, daß die Erde ein beseeltes Wesen und das Meer ihr Auge ist?« fragte er, plötzlich heiter. »Davon bin ich überzeugt! Auch davon, daß unten in der See freiere Völker leben, Staaten sind.«

Gottlieb hörte auf, im *Hannibal* zu lesen, und fragte: »Warum kommen sie dann nie auf die Erde?«

Grabbe trank und zog die Stirn kraus.

»Ja, das ist doch ganz einfach zu verstehen: ebensowenig wie wir hinauf, in den Äther, kommen können, weil uns dort die Luft zu dünn ist – ebensowenig können sie aus der Tiefe der See an die Oberfläche gelangen, weil ihnen das Wasser zu dünn wird.« Grabbe stieß Gottlieb in die Rippen und sagte ernst: »Alles, was besteht, kann man sich auch umgekehrt denken!«

Ein alter, angetrunkener Unteroffizier kam in das Gesellschaftszimmer und salutierte. Grabbe erwiderte knapp den Gruß, nahm seinen Arm von dem Jungen und starrte ins leere Glas. Der Unteroffizier setzte sich an den Tisch am Fenster und sang mit schwankender Stimme: »‚Freut euch des Lebens, weil noch das Lämpchen glüht'!« Immer wieder nur die ersten beiden Zeilen.

Gottlieb las weiter im *Hannibal*. Grabbe wischte

mit seiner Soldatenmütze den Gasthaustisch ab, rief nach dem jungen Blinde und forderte barsch: »Die Frankfurter Zeitung! Rheinwein! Butterbrot mit Speck!«

Nachmittags ging Grabbe in den Garten seiner Mutter am Knochenbach, saß auf einem rohen Bänkchen und sah zu, wie die Alte die Erde zwischen den Kartoffelstauden anhäufelte und Wilhelmine ihr half. Ihm war wohl, er schöpfte frühe Erinnerungen aus und fühlte wieder Hoffnung.

Noch drei Dramen würde er schreiben – und dann ein erfolgreicher Sohn, ein allseits respektierter Geschichtsschreiber werden, geehrt wie jeder andere der ungezählten Hofbeamten in der Residenz. ›Ich habe Lippe, mein Vaterland, die Bauernerde, von der mein Vater, meine Mutter kommen, nie vergessen.‹ Die Fürstin Pauline und auch der junge Fürst waren ihm immer freundlich begegnet, sogar mit einigem Verständnis. ›Gut, die Fürstin war bedeutender, er hat einen beschränkten Verstand und eine sture Seele! Ich glaube, sein einziges Glück auf Erden ist, in unseren Buchenwäldern Hirsche totzuschießen, im Treck-Boot eine Lustfahrt auf dem Friedrichstaler Kanal bis zu den vier Türmen zu machen oder im Winter Schlitten zu fahren und abends aus seiner Loge die plastischen Schultern der Demoiselle Pichler in einem albernen Rührstück zu betrachten – falls er diesen Kitzel überhaupt spürt. Von Politik versteht er jedenfalls so viel wie ein schläfriges Wildschwein, und den Landtag hat er erst nach Jahren wieder einberufen, aber er meint es sicher herzensgut! – Im Augenblick bin ich ein Fisch im Morast‹, dachte Grabbe, ›aber der Fürst wird mir heraushelfen. Ich will ihm die *Hermannsschlacht* widmen! Überhaupt, manche Fürsten sind die schlechtesten nicht in Deutschland, einige sogar tausendmal klarköpfiger und menschlicher als die Bourgeoisie – ich werde noch Monarchist. Nur werden sie in der nächsten Revolution geköpft werden, dran glauben müssen, die Fürsten; die Schacherer aber werden immer Geschäfte machen, ob nun die Guillotine rostet oder geschmiert wird. Ich sitze dann hier in der Laube am Blut- und Knochenbach, schreibe Lustspiele und rauche vornehme Zigarren!‹ So redete er mit sich, maliziös und behaglich, trank dazu aus einer Feldflasche.

Die Alte sah herüber, lachte und sagte: »Ladd dat Suipen, Krischan!« Wilhelmine pflückte Buschbohnen in einen Weidenkorb. Graue, träge Wolken trieben vom Teutoburger Wald herunter auf die Stadt zu, Glocken läuteten. Auf der Heide exerzierten und sangen Soldaten. Grabbe pfiff mit und steckte sich eine Tonpfeife an.

Die Alte begann wieder, gegen die Frau Auditeurin zu stacheln. Sie streue vor den Haustüren und auf dem Markt aus, die Mutter habe Grabbes Roman *Ranuder* zum Krämer getragen, als Einpackpapier!

»Nä, nä«, brummte Grabbe, »den haben sie mir gestohlen, ich weiß auch nicht mehr, wo. Jetzt ist er einfach weg, aber ich habe noch mehr auf der Kunkel.«

Er ging in die verwitterte Laube und brachte eine Handvoll getrockneter Bohnenkerne heraus. Mit den schwarzen und den rötlich gepunkteten spielte er auf der Erde, stellte Armeen auf, preußische, französische, russische, englische. Eine große schwarze Vietsbohne war Napoleon und allen andern über.

Die Katze, die sich auf dem Gartenweg geräkelt hatte, sprang plötzlich zwischen die Bohnen und warf sie durcheinander. Grabbe fuhr erbost auf, packte die Katze beim Schwanz, wirbelte sie durch die Luft und schleuderte sie in den Bach. Wilhelmine schrie auf und half ihr heraus. Die Katze rettete sich auf einen Kirschbaum. »Diu aule Katte, Katte«, knurrte Grabbe und spielte weiter mit den Bohnenkernen.

»Unkleuke Junge!« schalt die Alte und lachte. So habe er auch als Kind hier am Knochenbach gespielt, immer Armeen, Schlachten – und Napoleon, den habe niemand anrühren dürfen, der habe sie alle besiegt, der Schwerenotskerl.

»Bei Waterloo nicht mehr«, sagte Grabbe. »Und ein Tyrann war er doch!« Er fuhr mit seinem Regenschirm über die Erde und sagte, an noch ein Spiel erinnere er sich. Nein, kein Spiel, einen Wortwechsel, der immer wieder vorkam zwischen ihnen, es ging um einen halben Mariengroschen, einen Matthier.

»Motter, gif muin'n Mattiger!« bettelte er jetzt und verstellte seine Stimme, sprach wie als Kind.

Die Alte richtete sich an ihrer Hacke auf, machte ein belästigtes, abweisendes Gesicht und schimpfte: »Nare vannen Jungen, meunst diu, die Mattigers können lütken!« Sie lachte verstohlen.

Grabbe stand von seiner Bank auf. Wilhelmine holte Wasser aus dem Bach und wollte ihm die verdreckten Stiefel abwaschen. »Nä, nä«, sagte er, »laß, du gute Haut! Ich bekomme ja nasse Füße.«

Er machte sich auf den Weg und versprach der Alten, am Abend zu Pickert mit Speck und heißem Kaffee ins Haus zu kommen.

»Ladd das Suipen!« rief sie hinter ihm her.

Grabbe sagte, dann friere er bis in die Knochen bei dem Schlackerwetter.

»Et pleistert nor en betken!« Aber sonst sei's doch Mittsommer.

Grabbe spannte seinen Schirm auf und murmelte noch: »Morgen zieh ich in mein Elend«, aber da war er schon weg vom Garten.

Auf dem Umweg über die Weinbergstraße kam er am Friedhof vorbei, drückte das Tor auf und ging hinein. Zwischen den Gräbern, alten, frischen, wankte er auf und ab. Vor einem der Hügel blieb er stehen, las den Namen des Toten und sagte: »Guck dir den an!« Er stolperte weiter, fror, starrte auf das

Grab seines Vaters, schob sich die Soldatenmütze in die Stirn und strebte hinaus.

Beim Friedhofstor stieß er auf einen verwitterten Feldstein, die Inschrift war längst abgeregnet, vergessen. Grabbe nahm seinen Regenschirm und malte in die Luft vor dem Stein: CHRISTIAN DIETRICH GRABBE 1801 BIS... Er zögerte und schrieb dann langsam in die graue Luft: 1836. Er bleckte die Zähne und ging weiter.

Draußen auf der Straße streifte ihn der Postwagen, als er nicht achtgab und sich in Gedanken verlor. Grabbe drohte mit seinem Schirm hinter ihm her. Dann krümmte er sich und preßte die Hand auf den Magen. Er klemmte den Schirm unter den Arm und ging, die Hände auf dem Rücken, in sich gekehrt in die abendliche Stadt. Es fing bald wieder an, stürmisch zu regnen. Grabbe sah nicht auf. »Ich will mich morgen schon als Mann zeigen, Luzie!« sagte er laut und blickte rasch um sich.

Am Tag darauf ging Grabbe das erste Mal, seit er wieder in Detmold war, zu seinem Haus Unter der Wehme. Er nahm den Schlossergesellen Wolff mit sich und sagte ihm, es gälte, vielleicht eine kleine Truhe aufzubrechen, in der seine Wertpapiere lägen; er habe den Schlüssel dazu schon in Frankfurt verloren.

Das Haus war nicht verriegelt, und die Tür zu Grabbes Arbeitsstube stand offen. Grabbe warf einen Blick hinein. Es war alles aufgeräumt und peinlich geordnet. Er betrachtete seine Bücher und die verschnürten Manuskripte, fühlte aber nichts dabei. Ihm war nur kalt.

Grabbe hörte, wie oben, im ersten Stock, die Schlüssel umgedreht wurden und flüchtige Schritte die Treppe herab und durch die Hintertür liefen.

»Die Magd holt den Willkommenswein!« sagte Grabbe zu Wolff, schickte ihn weg, inzwischen ruhig eine Flasche Einbecker Bier zu trinken, und marschierte stampfend zur Wohnung seiner Frau hinauf.

Er klopfte an die Tür ihrer Guten Stube und sagte nur: »Luzie, ich bin's.« Seine Frau antwortete nicht, und er klopfte heftiger, hämmerte dann mit Fäusten und Füßen gegen die verschlossene Tür und erregte sich. Schließlich war er erschöpft, außer Atem, zog sich einen Stuhl vor die Tür, setzte sich darauf und wartete still.

Hinter der Tür rührte sich nichts. Grabbe sagte: »Luzie, was machen wir denn, das ist nicht recht. Wir sind doch Mann und Frau, waren uns einmal gut.«

Grabbe setzte sich näher an die Tür, stützte den Kopf in die Hände und sprach bewegt und mild, daß er sie, seine Frau, noch immer liebe; daß sie in ihrer Ehe zusammengehörten bis ans Ende ihrer Tage; daß er jetzt zu ihr heimgekehrt sei, im Augenblick zwar krank, aber voller Dramen und Hoffnung; daß nun ihre zweite Hochzeit gefeiert und alles anders, alles doch gut werde. »Wir haben unser Glück vergeudet, Luzie«, sagte Grabbe, »ich und du; aber wir beide werden es wieder aufspüren, werden es ausgraben. Weißt du, wie du endlich nachgabst und mein wardst?«

Keine Antwort.

Grabbe legte seinen Mund an das Schlüsselloch und rief: »Luzie!« Stille.

Wolff kam zurück, und Grabbe sagte: »Schlag die Tür ein!«

»Aber Herr Auditeur –«

»Papperlapapp! Schlag die Tür ein!«

Der Schlossergeselle rüttelte an der Klinke und drückte gegen die Füllung; die Tür krachte in ihren Fugen, gab aber nicht nach.

Grabbe lief auf den Dachboden, kam mit einer Bundaxt wieder und sagte schroff: »Hier!«

Der Schlossergeselle betrachtete die Axt und wiederholte: »Herr Auditeur –«

»Kerl, fasele nicht, schlag die Tür ein!«

Wolff ging vorsichtig ans Werk, wollte die alte Tür bewahren. Schließlich sprengte er das Schloß.

»Trallala! Die Hühner gefangen! Mailänder gehangen! Hoch lebe der Kaiser!« rief Grabbe.

In der Stube war nur Sophie, die junge Magd, die sich an die Wand drückte und dann voller Angst an ihm vorbei über den Flur flüchtete.

Grabbe trat in Luises blaues Zimmer und setzte sich aufs Sofa. Er schlug mit der flachen Hand auf den mit Perlmutt ornamentierten Tisch und sagte zu Wolff: »Komm neben mich, wir warten auf die

Madame. Du kriegst einen halben Taler von mir, du warst brav. Ich hole uns eine Flasche. So eine solide alte Tür macht Durst.«

In dem Augenblick hörte er Luises Stimme unten im Haus, wie sie hitzig auf den Polizisten Blanke einredete: Sie fürchte Mißhandlungen, er möge sie in Schutz nehmen.

Blanke kam herauf, sah Grabbe und Wolff ruhig auf dem Sofa sitzen und fragte verwirrt, wie es dem Herrn Auditeur denn ergehe.

»Ausgezeichnet!« antwortete Grabbe und lächelte gutartig. »Ich habe nur einmal meinen Willen spielen lassen. Das Haus gehört mir so gut wie meiner Frau. Ich will nun wieder darin wohnen. Darauf sollten wir eine Flasche Rotwein trinken, Blanke!«

Blanke stutzte und wischte sein Mützenband ab. Unten schrie Luise: »Soll ich mir das Grab selber öffnen?« Sie lief die Treppe halb herauf und bat Blanke, um Himmels willen zu bleiben, sie fürchte sonst um ihr nacktes Leben. Grabbe sah sie kurz durch den Türspalt, sprach aber nicht mit ihr. Sein Gesicht, sein schlaffer Mund zuckten. Blanke ging zu Luise auf den Flur und wies es von sich, länger zu bleiben, es sei für sie nichts zu befürchten. Der Herr Auditeur sitze ruhig drinnen auf dem Sofa mit dem Schlossergesellen Wolff und bäte sie nur, die Magd mit einer Flasche Rotwein und zwei Gläsern zu schicken. Er, Blanke, wisse nicht, was seine Anwesenheit ihr nützen solle.

Grabbe hörte ihn gehen und Luise in eine der

hinteren Kammern laufen und die Tür verriegeln. Die Magd rannte die Treppe hinab. »Sophie!« rief Grabbe hinter ihr her, doch sie wollte ihn nicht anhören und war rasch auf der Straße. Er gab Wolff seinen Lohn. Der Schlossergeselle nickte nur und ging wortlos aus dem Haus.

Grabbe brütete vor sich hin, spielte an den Quasten der Samtdecke und mahlte mit den Zähnen.

Der Kanzlei-Rat Petri, sein Freund, kam herauf.

»Ach, du?« sagte Grabbe und lächelte schief. Er habe nur von seinem Recht Gebrauch gemacht. »Ist sie nicht verpflichtet, ihren Mann wieder bei sich aufzunehmen?«

»Doch, das ist sie«, sagte Petri, aber warum er auf diese Weise in das Haus eingedrungen sei, ob er den Skandal suche?

»Ach, Himphamp!« sagte Grabbe. »Ich brauche Geld, um in der ›Stadt Frankfurt‹ keine Schulden zu machen. Bis heute konnte ich Meyer in bar bezahlen; aber jetzt sind mir die Kröten weggehüpft, darum muß ich an meine kleine Truhe mit den Wertpapieren. Setz dich ruhig, Moritz! Leeren wir ein Glas auf meine Heimkehr. Ich will wirklich hier einziehen! Ich habe ja sonst keine Reserven. Die ›Deutsche Revue‹, für die ich Artikel schreiben sollte, die mir mindestens dreißig Taler eingebracht hätten, hat die Zensur ja auch verboten – zu liberal. Setz dich doch ruhig, Moritz! Was ist schon dabei, wenn ein Ehemann zu seiner lieben Frau findet?

Freude im Herzensgrund! Leeren wir also ein Glas.«

Grabbe trank, grinste, und Petri sagte: »Du bist manchmal ein greller Clown, Christian, aber jetzt denke vernünftig; ein paar Tage wirst du's noch in der ›Stadt Frankfurt‹ aushalten müssen, die Rechnung laß meine Sorge sein. Wir wollen drüben beratschlagen, was das Beste für dich ist – jetzt komm mit!«

Grabbe preßte die Lippen zusammen, setzte seine Soldatenmütze auf und sagte müde: »Ich bin mir so gleichgültig – wie du mir bist.«

Petri nahm ihn am Arm und gab ihm seinen Schirm. Grabbe tappte neben dem Freund die Treppe hinunter. Vor der Tür trafen sie den Polizisten Priester, der die Gaffer vom Haus fernhielt.

»Sieh, Priester«, sagte Grabbe, »bist du auch da?«

»Was beabsichtigen Sie hier, Herr Auditeur?« fragte Priester betreten.

»Ich will wieder Unter der Wehme wohnen, doch heute bleibe ich noch nicht. Wenn ich aber aus der ›Stadt Frankfurt‹ herüberziehe, sollst du mich abholen und in mein Haus führen, es könnte sonst ja tatsächlich Tumult geben.«

»Das darf ich wohl nicht tun, Herr Auditeur«, stammelte Priester und sah den Kanzlei-Rat Petri an.

»Doch!« sagte Grabbe. »Ich werde mit dem Herrn Regierungs-Rat von Meien reden.«

Priester nahm Haltung an, und Grabbe schwankte neben Petri durch das Grüppchen der Gaffer zur ›Stadt Frankfurt‹ hin.

»Jetzt sei einmal du generös, Christian!« sagte Petri und nahm fest Grabbes Arm. »Sei du edelmütig!«

»Ich kann Edelmut nicht ausstehen«, murrte Grabbe. »Edelmut ist, mit dem Schwanz wedeln. Schnickschnack.« Er sei jetzt nur noch ein Grabstein, in den Tag für Tag weiter die Inschrift gehauen werde. Er ließ die Schultern hängen. »Dieser Skandal muß aufhören! Du bist ein kultivierter Mensch, Moritz, und lebensklug. Es sind wirklich nicht viele in Detmold, die den Zylinder so geistreich auf den Kopf stülpen können wie du.«

Tagsüber lag er oft wie zur Nacht auf dem Bett. Er zog sich gar nicht aus, trug seine Kleidung doppelt und fror doch immer. Manchmal sang er sich das Lied vom Prinzen Eugen vor oder mit verstellter Stimme Arien aus dem *Don Giovanni*. Manchmal arbeitete er auch wieder, entwarf Dramenpläne, besserte noch an der *Hermannsschlacht*. Er war fast fertig mit dem Stück, aber nicht froh.

Wilhelmine brachte ihm ins Gasthaus, was er brauchte, Wäsche und Essen. Viel aß er nicht mehr, schlief auch nur zwei, drei Stunden. Nachts lag er im Dunkeln wach, fluchte auf die Kirchturmuhr, empfand sich öde. »Aber die Eule der Athene fliegt noch durch die Ruine«, sagte er laut gegen die Zimmerdecke.

Alle vier Wochen suchten ihn diese Nervenschläge heim, die ihn elend machten, kalt, ihm den widerlichen Geschmack auf die Zunge legten, gegen den nur Rum half, Jamaika-Rum, doch auch der nicht mehr verläßlich in den letzten Monaten. Es war nicht nur sein Körper, der mürbe geworden war, morsch. ›Mein Körper ist mir etwas ziemlich Fremdes‹, dachte er. ›Ich muß nur Grünes um mich haben, dann geht's dem schon besser. Die Natur ist die unschuldigste, treuste Geliebte. Aber der Geschmack am Leben ist fort. Die Leute glauben, ich sei froh, wenn ich lache! Der Wust des Lebens könnte mich umbringen – wenn ich nicht so gleichgültig wäre. Ruhm, Macht, Liebe, die Sterne meiner Jugend: ich hebe nicht einmal mehr die Augen ihretwegen. Die Gedanken fallen in mein Gemüt wie Schnee. Alles eisig, starr. Ich bin zwischen zwei Epochen eingeklemmt, die mich zermahlen. Eine vulkanische Vergangenheit, dunkle Hoffnungen für die Zukunft, doch die Gegenwart: alles nur aasige Brocken. Auch in der Geschichte gibt's Dreifelderwirtschaft – und jetzt haben wir Brache und Mist. Wenn ich den Armin zum Sieg geführt habe, schieß ich mich tot.‹ Tränen liefen ihm übers Gesicht. »Das alte Augenübel!« schrie er und sprang aus dem Bett.

Draußen, zwischen den Fachwerkhäusern, auf der Krummen, der Langen Straße, von den Giebeln und Erkern, hörte er wieder die hackenden Stimmen, fing hämische Blicke auf, die in seiner Not spitzelten. Dann drückte er sich in die dunkelsten Winkel der Gassen und zitterte vor Angst und Wut.

Er suchte sich zu sammeln, aber sein Gefühl war zersplittert, seine Hoffnung verwahrlost. Wenn er Tritte hörte, machte er sich davon, schlüpfte wieder in eine unbeleuchtete Toreinfahrt. Mord wurde ein Wort, das er immer öfter dachte. Es hatte mit scharfer Traurigkeit, Lust nach warmem Blut und dem Knirschen eines Messers auf einem Menschenknochen zu tun. Er wankte weiter, sah vor sich auf den Boden und lächelte still.

Eine Dame mit ihrem Lakai kam ihm über den Weg. Der Lakai trug eine Hutschachtel und führte einen geschorenen Pudel. Grabbe zog tief seine grüne Soldatenmütze. Die Dame wich ihm erschrocken aus und trat vom Bürgersteig. Grabbe blieb stehen und sagte dumpf und ernsthaft: »Ich habe einst eine Frau von Adel gekannt, der hat ihre Nase statt im Gesicht auf dem Hinteren gestanden – wodurch sie im Leben viele Schwierigkeiten bekam.«

Der Lakai stellte sich schützend vor seine Dame und hielt einen Ellenbogen vors Gesicht. Der Pudel kläffte, Grabbe zog noch einmal ehrerbietig die Mütze, verbeugte sich mehrmals bis zur Erde, stieß stürmische Entschuldigungen hervor, bleckte die Zähne und schleppte sich weiter in immer engeren Kreisen um den dichten Kern der Residenz.

Mit Gottlieb schweifte er wieder durch den Lippischen Wald, zum Donoper Teich, sah in das dunkle Auge. Er legte sich mit dem Jungen unter eine Buche, spreizte seine zu kleine Hand, hob sie und sah durch die Finger, wie die morgenfrische Sonne durch das Laubwerk flirrte. Er sprang auf, kletterte auf einen grauen Stein, breitete die Arme und zitierte: »‚Im Sonnenschein liegt der ganze deutsche Süden da, Adler schweben über Tirols Bergen, und die See braust um Heinrich des Löwen Staaten wie eine Löwenmähne‘.«

Grabbe sagte zu Gottlieb: »Ich wollte den Deutschen ihre Nationaldramen schreiben. Deutschland ist das Herz Europas – ach Gott ja, es ist so zerrissen, wie es nur ein Herz sein kann. Da laufen immer alte Griechen auf den deutschen Bühnen herum, Griechen, Römer, Engländer; oder idealistische Dummköpfe und Schmachtfräuleins. Wo sind denn Arminius, Barbarossa, Heinrich der Sechste, Friedrich der Große – und wo ist das deutsche Volk? Ich wollte es ihnen auf die Bretter stellen, aber sie mögen meine Stücke nicht sehen. Meine Stücke sind ihnen zu roh, zu wirklich – zuviel Galle, Fleisch, Leidenschaften, Nachtseiten,

Blut und Kot. Gottlieb, meine Dichtung ist riesenmäßig, aber sie schmerzt.«

Von Pivitsheide her kam ein Mann auf sie zu, ein junger Wanderer mit seinem Gepäck auf dem Bukkel, und fragte nach dem kürzesten Weg bis Detmold; er komme von Bielefeld und habe sich hinter Stukenbrock zuletzt vollends verlaufen. Grabbe gab ihm freundlich Bescheid, empfahl ihm die ›Stadt Frankfurt‹ als Gasthaus und fragte: »Was wollen Sie in dem verwünschten Pferch? Da geht man vorbei. Nur, meine Füße sind krank. Gichtbrüchig. Lesen Sie öfter die Bibel?«

Ob er denn nicht aus Detmold stamme? fragte der Wanderer kopfscheu.

»Doch, leider«, sagte Grabbe. »Es ist stolz, solide und unfehlbar mittelmäßig.«

»Aber kennen Sie den Dichter Christian Grabbe?«

»Den Dichter Grabbe? Hohoho!« Er stieß Gottlieb in die Rippen. »Sie meinen gewiß den schiefen Auditeur Grabbe, der auch Tragödien macht? Was wollen Sie bei dem liederlichen Kerl?« Gottlieb lachte sich ins Fäustchen.

»Ich verehre ihn«, sagte der Wanderer. »Und ich möchte ihn zeichnen. Bergius ist mein Name, aus Braunschweig.«

»Sie verehren den Grabbe – hm, das ist ja kolossal. Den Grabbe, ausgerechnet den Grabbe. Ja, da sind Sie richtig in der ›Stadt Frankfurt‹, dort trinkt er seinen Rum.«

Ob er nicht auch ihn zu einem Punsch einladen dürfe? fragte Bergius.

»Nä, nä«, sagte Grabbe, »mich nicht. Ich bin zu lumpig gekleidet, man würde auch Sie für einen Lumpen halten, wenn Sie mit mir in die vornehme Gesellschaft kämen. Setzen Sie sich in die Ecke ans Fenster. In der Dunkelheit komme ich nach, dann wollen wir mit Grabbe ein Glas Punsch leeren.«

Bergius bedankte sich überschwenglich und ging hinunter nach Detmold.

Grabbe grinste. »Der schwärmerische Kerl spendiert Grabbe heute abend eine Bowle und zeichnet ihn auch noch umsonst – meine Tragödien haben sich also gelohnt.«

Er legte den Arm um Gottlieb und stieg mit ihm höher, auf den Kahlen Ehberg. »Eine ganze Bowle!« Grabbe weidete sich an der Vorstellung. »Heute nacht bin ich Grab plus Lämmergeschrei: Grab – bäh! Ich könnte –«

»Warum trinken Sie immer so viel?« fragte Gottlieb dazwischen.

Grabbe blieb stehen, sah den Jungen scharf an und rüttelte ihn kurz am Hals. Dann ging er stumm weiter und schlug mit seinem Schirm Blätter von den Buchen.

Erst als sie einen Waldhang hinaufkrauchten und Gottlieb ihm helfen, ihn stützen mußte, murmelte er: »Meine Mutter hat mir schon als Kiekindiewelt, als ich noch nicht allein laufen konnte, wie auch jetzt wieder, einen Zulp, mit Rum getränkt, ins Maul gesteckt – damit ich wie ein Murmeltier schlief und sie ihrer Arbeit nachgehen konnte.«

Gottlieb antwortete, das machten doch viele

Mütter in Lippe mit Brotrinde und Branntwein; aber später tränken doch nicht alle so –

»Halt's Maul!« rief Grabbe. »Die Leute haben keinen Verstand, also brauchen sie auch keinen zu versaufen. Wenn sie hier trinken, werden sie nur grob und plärren wie die Ochsenfrösche.« Und bald darauf: Er sei jetzt zum Umfallen matt, sie müßten ausruhen, drüben auf den Stubben.

Grabbe machte eine weite Geste über die Lichtung zu den grünen und schwärzlichen Wipfeln und sagte: »Unser Teutoburger Wald! Das beschreibe mal, ihr müßt doch sicher jeden Sommer und jeden Winter darüber fünf Aufsätze fabrizieren« – wie zu seinen Zeiten.

Gottlieb sah Grabbe scheel an und leierte: »Der Teutoburger Wald kommt schon bei Tacitus vor und wird jedes Jahr berühmter. Er ist hundert Kilometer lang, bis zu fünfzehn Kilometer breit... Ein Höhenzug aus Sandstein und Muschelkalk, von Laub- und Nadelwäldern bedeckt –«

»Quark!« rief Grabbe. »Die blauen Berge des Teutoburger Waldes liegen in der Ferne, wie die Karpfen im Sonnenschein mit blauen Rücken aus dem Wasser ragen. So, und dann kannst du loslegen.« Er schloß die Augen und wurde still.

»Auch ich habe einmal an ein anderes, schöneres Leben geglaubt, Gottlieb«, sagte er später und wühlte mit der Spitze seines Schirmes in dem mulmigen Waldboden; aber er sei ohne Geld geboren und habe ins Geschäftsleben gemußt, als Pflugochs unters Joch, in das Räderwerk, das Geknarre der

Juristerei. »Ich mußte Prozesse führen um Bankerte, Diebereien, Erdfetzen und Wucher. Ich mußte Soldaten verschachern. Das Auditorenamt hat mein wahres Leben zerfressen.«

Es fing plötzlich an, wüst zu regnen, und er spannte seinen Schirm über ihnen auf.

»Spielt ihr das auch noch: Durch den Regenbogen laufen?«

»Ja, aber –«

»Ja, aber: man rennt und stolpert und rutscht aus und kraucht weiter, doch wenn man hinkommt, steht der Regenbogen viel weiter weg, immer weiter weg; und wenn man glaubt, ihn endlich erreicht zu haben, und erschöpft ist bis ins Herz – dann steht er nicht mehr da. Nur noch Dampf über der Leere.«

Grabbe grub mit der Stiefelspitze in der Walderde.

»Was ich wollte, als junger Mensch, als Dichter«, sagte er zu Gottlieb, »das haben sie mir nicht gestattet.«

»Wer?«

»Das kannibalische Geldsystem, die lavendelduftenden Spießbürger, die weltblinden Bühnenlenker.« Achtzehnhundertdreißig, da habe er noch einmal Atem geholt, bis in die Lungenspitzen, im Juli, als das Volk in Paris die heuchlerischen Bourbonen und ihre adligen Lumpenhunde auf den Schuttplatz der Geschichte jagte. »Da wehte wieder die Trikolore, Gottlieb! Rot wie Blut, weiß wie Licht, blau wie der Himmel. Der jour de gloire – er schien doch noch anzubrechen! Ich glaubte daran.« Da habe er neue Stücke geschrieben, an eine Erneuerung der Welt geglaubt, auf das Volk gebaut. »Sie setzten einen ›Bürger-König‹ ein – das klang so gut. Aber dann kamen die Aasfliegen des Feudalismus' zurück, die Aasfliegen – es reichte nicht mal zu Geiern. Nein, nur die Bourgeoisie, geil auf das Geld, den Besitz: und kein Gott mehr und kein Geist über den Wassern. Wir haben in unserem Leben ein paarmal das Große, das Schöne geahnt – und hatten es nicht.« Er habe in seinem *Napoleon* manches vorausgesagt. »Mein *Napoleon*, damit wollte ich eine literarische Revolution machen – und mein Glück. Ich dachte, endlich die freisinnige Zeit zu sehen, aber dann war es nur ein Wahnbild, und die Invaliden der Freiheit saßen am Rinnstein. Es kam die Restauration wieder: Bajonette, Zensur und Kanonen. Statt Napoleon regiert nun Metternich.«

Gottlieb sagte, daß im Gymnasium auch der Prorektor Preuß manchmal so wettere, die andern Lehrer aber seien's zufrieden oder redeten vom Schicksal.

»Schicksal«, murrte Grabbe. »Eure Dummheit, das ist euer Schicksal!« Ein Herkules sei ihm lieber als tausend Liliputaner, die sich mästeten.

Er fing abermals von seinem *Napoleon* an, schüttelte den Jungen und trug Szenen bruchstückweise vor, sprach den Bertrand, spielte ihm den Kaiser Napoleon. »Belle Alliance«, sagte Grabbe und reckte sich auf, »da drunten – ein Blachfeld! Kahl, blutig, zerstampft die Erde, Gottlieb! Da kommt er, zu Fuß, Napoleon, mit Bertrand, seinem Generaladjutanten, und ein paar Offizieren. Zwei Schwadrone der Garde in geschlossener Ordnung zur Bedeckung um sie, und Cambronne mit dem verstümmelten Überbleibsel der Granitkolonne hinter ihnen! Kannst du sie sehen? Der Tag von Waterloo –«

Grabbe sprach bitter, hochfahrend, verband sich mit seinem Titanen. »Stille!« flüsterte er. »Der Kaiser! Der Kaiser geschlagen. Es sind nicht viele Stunden in der Weltgeschichte, die einem so die Augendeckel abschneiden ... Aufrichtig gestanden, ich habe... Ach was, hör zu, hör genau hin... Belle Alliance!«

Grabbe schwieg einen Augenblick und sprach dann mit schneidender, aber unsicherer Stimme weiter: »NAPOLEON: Wir müssen hier mitten durch das Feld zurück – die Chaussee ist zerfahren und von den Preußen erstürmt. Der Kaiser wirft den Kopf auf, mahlt mit den Zähnen. Der Abend wird kalt – meinen Mantel und mein Pferd! – Bertrand hängt ihm den Mantel um, ein Pferd wird vorgeführt, und NAPOLEON sagt unheimlich ruhig: Solch eine Flucht kennt die Geschichte nicht. – Verräterei, Zufall und Mißgeschick machen das tapferste Heer furchtsamer als ein Kind. – Es ist aus. – Wir haben seit Elba etwa hundert Tage groß geträumt. – Bertrand, was ist? Du schweigst? – Da wirft sich der Generaladjutant seinem Kaiser zu Füßen. BERTRAND: Du, in dessen Ruhmesglanz ich einzig lebte, laß mich auch auf ewig dein künftiges Unglück teilen. NAPOLEON: Steh auf, Bertrand – du brichst mit mir das Brot des Elends. – Der Kaiser dreht sich um, blickt zurück über das Schlachtfeld von Belle Alliance, zieht den Mantel enger um sich, ballt die Faust, lacht kalt und sagt voll Wut und Ekel: Da stürzen die feindlichen Truppen siegjubelnd heran, wähnen die Tyrannei vertrieben, den ewigen Frieden erobert, die goldene Zeit rückgeführt zu haben. – Die Armen! Statt eines großen Tyrannen, wie sie mich zu nennen belieben, werden sie bald tausend kleine besitzen – statt ihnen ewigen Frieden zu geben, wird man sie in einen ewigen Geistesschlaf einzulullen versuchen – statt der goldenen Zeit wird eine sehr irdene, zerbröckelnde kommen, voll Halbheit, albernen Lugs und Tandes – von gewaltigen Schlachtentaten und Heroen wird man freilich nichts hören, desto mehr aber von diplomatischem Geschwätz, Staatsbesuchen hoher Häupter, von Komödianten, Geigenspielern und Opernhuren – bis der Weltgeist wieder ersteht, an die Schleusen rührt, hinter denen die Wogen der Revolution lauern, und sie von ihnen aufbrechen läßt, daß die Lücke gefüllt werde, die nach meinem Austritt zurückbleibt. CAMBRONNE, Napoleons Generalleutnant, der Kommandeur der alten Garde, tritt nah an den Kaiser heran und flüstert: Mein Kaiser, gegenüber nahen die Engländer, seitwärts kommen die Preußen. – Es ist Zeit, daß du fliehest oder daß... NAPOLEON: Oder? CAMBRONNE: Mein Kaiser, falle! Doch NAPOLEON: General, mein

Glück fällt. – Ich falle nicht. Den Mantel mir fester zugemacht. – Es regnet immer stärker. – Bertrand, besteig ein Pferd – tun Sie ebenso, meine Herren Offiziere. – Reitende Gardegrenadiere, bahnt uns den Weg! – Granitkolonne, lebe wohl! Und dann steigt NAPOLEON auf sein Pferd und reitet mit Bertrand, den Offizieren und den Gardegrenadieren fort. CAMBRONNE sieht hinter ihnen her und sagt, ganz still sagt er's, Gottlieb: Er ist fort. – Was will der andere Dreck, den man Erde, Stern oder Sonne nennt, noch bedeuten? – Er hat uns Lebewohl gesagt und leicht das Auge gewischt. – Das heißt: Sterbt meiner würdig, es geht nicht anders. – Die Garde stirbt, aber sie ergibt sich nicht! – Schießt solang ihr atmet! Die Engländer und die Preußen reiten von allen Seiten auf Napoleons alte Garde ein, der Tambour trommelt ununterbrochen laut und kräftig, Gottlieb – doch die Granitkolonne samt Cambronne wird nach verzweifeltem Kampf zusammengehauen. Granitkolonne, hoch und stolz wie die Sonne, und gefallen herrlich wie sie! ruft CAMBRONNE noch. Gesiegt haben Blücher, Gneisenau und der Herzog von Wellington! Napoleon ist nichts mehr.«

Grabbe schwieg, räusperte sich und sagte: »Da ist viel Blut gerieselt.« Er drehte sich um und fluchte: »Himmelkreuzdonnerwetter! ‚Kommt das Weh, / Scheuch's mit Juchhe, / Schlag den König am Morgen tot, / Denke des Kaisers beim Abendrot!' Ich bin ja doch kein Schauspieler! Wir müssen das Stück zusammen auf der Bühne sehen! In Berlin.«

Später, als sie vom Buchenwald hinabstiegen in das tief eingeschnittene Tal des Hasselbaches und Grabbe sich erschöpft auf Gottliebs Schulter stützte, brachte er ihm ein Revolutionslied bei. Sie sangen es leise, begannen es in einem Hohlweg, als sie Detmold in der warmen, dampfenden Dämmerung unter sich liegen sahen.

»Ah! ça ira, ça ira,
Suivant les maximes de l'Evangile,
Ah! ça ira, ça ira, ça ira,
Du legislateur tout s'accomplira.«

»Wo's jetzt mit unserer Geschichte hingeht, ich weiß es wohl. Der Zeitgeist ist toll, und wir sind sein Troß«, sagte Grabbe danach. »Doch ich habe den *Hannibal* geschrieben, den *Napoleon* – ich bin einer.«

Er blies die Backen auf.

Am Abend kam die vornehme Welt von Detmold, nach einer Landpartie zum Teutoburger Wald, in die ›Stadt Frankfurt‹, meistens junge Leute, die lebensmunter waren und weltverliebt. Die Champagnerkorken flogen. Grabbe hörte sie in seiner Kammer, wo er sich langweilte und fror. Später ging er zu den Feiernden in die Gaststube hinunter und setzte sein Licht verdrießlich auf den hintersten Tisch.

»He, Grabbe, wo kommst du in der Nacht her?«

»He, Banquos Geist!«

Mancher lachte spöttisch oder hob sein Champagnerglas. Andere wollten ihn an die gemeinsame Tafel ziehen.

»Ach, laßt mich«, sagte Grabbe lustlos. »Ich bin eben aufgestanden und wollte nur noch ein halbes Quart – Kellner, noch eine Idee Rum!«

»Eben aufgestanden! Der Mensch stellt doch alles auf den Kopf, fährt gegen Mitternacht in die Kleider. Wir haben unsere Damen längst in ihre Wohnungen und zu den Kindern gebracht!« Männergelächter kollerte ihm um die Ohren.

»Ich konnte nur nicht schlafen«, sagte Grabbe mißmutig, blieb allein in seiner Ecke, den Kopf in die Hand gestützt, und sah abgeschnitten dem geselligen Jubel zu.

»Finde dich in die Weltkomödie!« rief Pustkuchen. »Dann öffnen sich auch wieder die Amtstüren vor dir.«

Die lange Tafel stand mitten durch die Gaststube. Es ging optimistisch zu, die Würfel rollten, die Gläser schäumten, es wurde gesungen und gelacht. Der Apotheker erzählte eine saftige Anekdote von der Tänzerin Barberina. »Bravo!« schrie der Leutnant Runnenberg und schüttete seinen Champagner hinunter. Grabbe blieb in sich gestoßen; bitter genoß er seinen Hochmut.

Der junge Wanderer, der ihn und Gottlieb im Wald nach Detmold und dem Dichter Grabbe gefragt hatte, kam an seinen Tisch und sagte: »Ach, Sie sind Grabbe! Dacht ich's doch fast!«

»Manchmal bin ich's«, murmelte Grabbe. »Meistens nur Grab plus be.«

»Bergius aus Braunschweig, ich sagte es schon. Ich dilettiere in der Malerei, darf ich eine Skizze von Ihnen anfertigen, auch von Ihnen? Ich war schon bei Tieck in Dresden, Immermann in Düsseldorf, will zu Fuß nach Paris zu Heine.«

»Es ist nicht mehr viel dran an dem Grabbe, Haut und Knochen«, rief der Apotheker dazwischen.

»Aber der Kopf –«

»Der Dez ist geschwollen, aufgeschwemmt das Gesicht, fahl ist er wie der Tagmond – das kommt vom Saufen. Prosit!«

Bergius sagte herzlich: »Mir gefallen Ihre tief blauen Augen, Ihre hochgebaute Stirn –«

»Die Stirn bleibt einem ja wohl, falls keiner einem den Schädel einschlägt – bis Hamlets Totengräber damit Kegel spielen. Meine ist freilich kahl wie ein Schlachtfeld am Abend danach.«

Während Bergius ihn zeichnete, sagte Grabbe: »Ich wüßte bessere Motive für Sie! Tragen Sie in Ihr Skizzenbuch den letzten Blick eines zum Tode Verurteilten ein, bevor ihm die Augen verbunden werden. Zeichnen Sie einen Wüstling, der, hinter einem Bild des gekreuzigten Erlösers versteckt, dem frommen Gesang zweier junger Nonnen lauscht.«

»Das will ich meinem Freund Lyser erzählen – ein Maler, Musiker und Poet, der Sie hoch verehrt!« rief Bergius begeistert. »Sie haben Genie!«

Grabbe lachte lautlos in sich hinein.

»Das ist aber auch das einzige, was ich habe«, sagte er trocken. »Der Nachweis ist, daß ich öfter den Hunger zum Tischgenossen habe als irgend einen Menschen.«

»Aber ohne Genie –«

»– locken Sie auf die Dauer keinen Hund hinterm Ofen hervor, stimmt!« sagte Grabbe und rief dem Wirt zu: »Einen Rheinwein für den jungen Raffael und mich!«

»Sie gehen mit Flaschen um wie Selbstmörder mit Pistolen!« rief Pustkuchen fidel und wandte sich wieder ab. Grabbe preßte die Lippen aufeinander.

Ziegler kam herüber und bat: »Komm doch an unsern Tisch, Grabbe! Wir wollen noch Freiheitslieder singen.«

»Freiheitslieder singen? Nä, nä... Das ist mein Eckermann, dereinst mein Biograph, der lange Advokat Ziegler!«, stellte Grabbe vor. »Er wird mein Leben und mein Sterben ergreifend beschreiben. Vierzig Jahre, nachdem die Soldaten gefallen sind, werden sie immer herzerfrischend besungen. Ihren Namen, Herr von Köpfekritzler, habe ich zu meinem kolossalen Bedauern wieder vergessen.«

Er ging mit Ziegler an den Gesellschaftstisch, wurde johlend begrüßt und setzte sich, fiel aber schnell wieder in sich zurück. Die Tafelrunde sang lebenslustige Lieder. Grabbe brummte mit, aber nach der letzten Strophe fing er plötzlich feierlich und finster an, ›Marchons ça ira‹ zu singen. Es stimmten nur wenige ein. Der Gesang war krampfhaft, gezwungen. »Ei was! Ein ander Lied!« rief der Leutnant Runnenberg. »Etwas Fideles, Tolles!« Grabbes Stimme drang nicht mehr durch. Er verstummte und ward sitzengelassen. Niedergeschlagen starrte er in sein Glas.

Der Postmeister rief ihm gutmütig zu: »Grabbe, hast du deinen Hermann fertig? Wir wollen unserem Befreier auf der Grotenburg ein Denkmal setzen. Petri wird die Rede halten.«

Ja, er hoffe, das Stück bald abzuschließen, »wenn mich die letzten Szenen nicht zu sehr angreifen«, sagte Grabbe und lebte mit einem Male wieder auf. »Es ist der schwierigste Stoff, den ich je unter den Händen hatte – aber ein Koloß, ich kann's euch jetzt verraten!«

Sein Gesicht hellte sich auf, er sah augenblicklich jung aus. »Hermanns Thusnelda wird wie die Meierfrau vom Sültehof! Der Weg von Hartröhren zum Kreuzberg führt quer durch das Stück. Die Sache gefällt mir außerordentlich. Alles ganz tannenfrisch. Unser Detmold kommt auch darin vor! Ich will das Stück dem Fürsten Leopold überreichen.«

»Das gibt einen Orden!«

»Du wirst noch der Goethe von Lippe in unserem Werre-Athen, Grabbe – und Geheimer Rat für die Hofdamen!«

»Das sät Taler!«

»Wollt ihr's hören?« fragte Grabbe aufgeregt und sah sich an der langen Tafel um. »Ich will's euch vorlesen, wenn ihr zuhören wollt!«

Einige rückten näher. »Ja, laß hören, Grabbe! Laß hören!«

Grabbe blickte noch einmal zögernd um sich und bog den Oberkörper hin und her. Sein Kinn zitterte.

»Hol's herunter, hol dein Manuskript!«

»Ja«, rief Grabbe ermutigt, »ich will's euch vorlesen, frisch wie's aus der Pfanne kommt!«

Dr. Rosen nahm Grabbe hoch, setzte ihn sich auf die geräumigen Schultern und lief die Treppe zu der Schlafkammer hinauf.

Am oberen Tisch sangen sie ›Lützows wilde Jagd‹. Rosen kam mit Grabbe im Galopp zurück.

Grabbe fragte laut: »Wollt ihr's auch wirklich hören?«

»Ja, lies schon das Zeug!«

»Laß uns erst ein Glas Champagner trinken!«

Ziegler sagte zu den anderen: »Kommt, wir hören zu!«

»‚Wo die Reben dort glühen, dort braust der Rhein / Der Wütrich geborgen sich meinte'«, sang noch einer der Zecher und hämmerte mit der Faust auf dem Tisch den Takt dazu.

Grabbe setzte sich, fingerte in den losen Blättern und rief: »So, jetzt kann's losgehen! Die Szene spielt bei der Dörenschlucht, mitten im dampfenden Schlachten.«

Er las überschwenglich, mit verteilten Stimmen:

»HERMANN ruft: Deutschland! EINIGE IN SEINEM

HEER: Er spricht oft davon. Wo liegt das Deutschland eigentlich? EINER: Bei Engern, wie ich glaube, oder irgendwo im kölnischen Sauerlande. ZWEITER: Ach was! Es ist chattisches Gebiet. HERMANN: Du kennst nicht einmal deinen Namen, mein Volk? STIMMEN: O ja, Herr – wir sind Marsen, Cherusker, Brukterer, Tenkterer... HERMANN für sich: Ich muß mit geringeren, aber näheren Mitteln wirken. Laut: Grüttemeier, deine beiden schwarzen Ochsen – denkst du noch an sie? GRÜTTEMEIER mit Tränen in den Augen: Jawohl, mein Vater empfahl sie mir im Sterben. HERMANN: Eine römische Manipel stürmte in dein Haus, schlachtete, briet und fraß sie, und gab dir nichts ab! GRÜTTEMEIER: Abgeben? Was von dem Fraß übrigblieb, traten sie mit den Füßen oder schmissen's an die Wand. VIELE DEUTSCHE: Wie dem ging's uns!«

Ziegler, Bergius, Preuß, der Postmeister, der Professor Schierenberg hörten zu; die anderen sangen und spielten bald weiter. »Wie hoch?« – »Elf, dreizehn!« – »Nun mach schon!« – »Ich hab's, ich hab's!« – »Wer hält dagegen?« – »Ich!« – »Wer hat die Vorhand?«

Grabbe las weiter, wurde aber rappelig, blätterte und verhedderte sich oft. Die drei, vier Zuhörer beugten sich weiter vor.

»Hermann ist an einer Eiche eingeschlummert«, rief Grabbe in den Lärm. »Nein, noch nicht. Es ist der Schluß dieser Szene an der Dörenschlucht. Große Feuer. Das Volk sitzt auf Holzblöcken, singt, würfelt und trinkt trotz des starken Regenwetters. Strohbündel zum Übernachten werden herbeigeschleppt. HERMANN ist allein, lehnt an einer Eiche, und ich lasse ihn sagen: Sollte mir das Wagestück gelingen? Noch haben wir sie nur zurückgeschlagen, nicht überwunden. Wie der Sturm in den Ästen heult und die Wolken hin und her über den Wald jagen, wilde gespenstische Reiter mit wilden Gesichtern! – Ah, da auf einen Augenblick der Mond, aber wie trübrot, und weg ist er wieder. – Verlören wir, sie rotteten ganz Deutschland aus und machten es zur Kolonie. Man kennt sie. – Es wird still. Die Leute senken die Häupter und schlafen ein. Schon ist es weit über Mitternacht, und will noch der Morgen nicht kommen? Er wird blutig werden, aber ich hab ihn immer lieber als diese wüste Stille, worin ich unter Tausenden vielleicht allein nur für sie alle sorge und denke –«

Am unteren Tisch sangen sie: »Vivat Bacchus!« Der Leutnant Runnenberg hatte keinen Champagner mehr im Glas. »Es kommen ja keine Zoten! Was ist mit dir, Grabbe, bist du ernstlich krank?« plärrte er und schnalzte mit den Fingern nach dem Kellner, dem jungen Blinde.

»Setz das Lesen aus bis morgen! Sauf lieber! Das kannst du besser!« rief Pustkuchen vom oberen Tisch.

»Es ist ja doch Häcksel! Seit Goethes Tod haben die deutschen Dichter nichts mehr hervorgebracht, was man genießen könnte«, sagte Bünde und bot Grabbe eine Zigarre an. »Außer Tieck –«

»Wer ist denn Tieck?« rief Grabbe schrill. »Er sinkt hinab, aber ich werde täglich größer!«

»Nur glaubt dir's nicht einmal deine Frau und der Nathan Spanjer Herford, der dir's Schreibpapier borgt!«

Grabbe versuchte, in das aufgeplatzte Gelächter mit einzustimmen, und geriet in Unruhe, Panik; ein Zittern ging durch seinen Körper.

Er fing an, Blätter zu überschlagen, andere, die auf den Boden gefallen waren, unter dem Tisch zu suchen. »Nur den Schluß noch«, murmelte er, »das ist wahrhaftig groß, müßt ihr mir glauben! Rom, im Palatium, Säulenhalle. Abend. Brennende Kerzen. Augustus hat mit Tiberius, seinem Thronerben, über das Weltreich gesprochen, wie's nach dem Tod des Kaisers sich drehen wird. Das muß ich auch noch rasch vorlesen, es ist ja nur kurz. AUGUSTUS: Halte mit dem Volk und dem Pöbel, nicht mit den Vornehmen und Reichen –«

Bünde, der mit einem frischen Glas Champagner vorbeikam, blieb stehen und rief: »Oho! Daher bläst der Wind. Revolution.« Er nahm den ledernen Becher und ließ die Würfel über die Blätter springen.

Grabbe lachte auf, wurde fahl, stürzte wieder in sich zurück, las aber noch, auch für die nächsten kaum hörbar, ein paar Sätze: »AUGUSTUS: Es beginnt eine neue Zeit. Nicht bloß aus dem Norden, auch aus Osten naht sie. Das Schilf des Jordans flüstert wunderbare Sagen. Herodes schreibt mir: Drei Könige aus Äthiopien, Arabien und Indien hätten einen Stern gesehen, der ihnen mit Strahlen nach Bethlehem gewinkt haben soll. Sie sind dem Stern gefolgt und haben ein Kindlein gefunden, zwar nur in einer Krippe liegend, doch samt seiner Mutter umleuchtet von nie geahntem Himmelsglanz. Man sagt dort schon: Unsere Götterlehre sei Posse, und dieses Kind sei der rechte Sohn der rechten Gottheit. TIBERIUS: Ich werde dem dortigen Präfekten Pontius Pilatus und dem Judenkönig Herodes aufgeben, daß sie dieses Kind sobald als möglich aus dem Wege räumen –«

»Mein Gott, bin ich in der Kirche und ist heute Weihnachten?« brüllte der bezechte Runnenberg und ließ seinen Champagner über Grabbes Manuskript schwappen. »Dann will ich dich auch gleich noch taufen, Hermann, du alter Westfalenkopp: Im Namen des Vaters, des Sohnes und des heiligen Steinhägers!«

Pustkuchen bog sich vor Lachen. Der Postmeister kaute an seinen Nägeln.

»Jo, lott'n muintwegen Herm heuten!«

»Nä, nä, es geht doch nicht«, murmelte Grabbe und suchte die nassen Blätter zusammen. Er stürzte sein Glas voll Rum herunter. »Aber bald, wenn es sich mit meiner Frau gut macht, in meinem Haus, da will ich euch alle einladen, und wir wollen miteinander...« Er brach ab, steckte die Blätter in seinen braunen Rock, knöpfte ihn zu und starrte vor sich hin. Bergius fing eine neue Skizze von ihm an.

Ziegler setzte sich neben Grabbe und drückte seine Hand.

»Da hab' ich die *Hermannsschlacht* nun schon fünfmal umgeschrieben und nun... Ein Arschwisch für die Detmolder vornehme Gesellschaft!« murmelte Grabbe. »Ich habe diese Welt satt.«

Ziegler redete ihm Mut ein. Er habe doch auch den *Napoleon* geschrieben, den *Hannibal, Don Juan und Faust*, den *Gothland, Scherz, Satire, Ironie und tiefere Bedeutung*, nun müsse er ausruhen, brauche Pflege, müsse aus dem Wirtshaus, zu seiner Frau –

»Luzie will mich nicht nehmen!« sagte Grabbe nur.

Die Zecher brachen auf, ohne sich weiter um ihn zu kümmern. Nur Professor Schierenberg blieb stehen, mußte über Grabbes zusammengesunkene, vernichtete Gestalt lachen und sagte dann verdrossen: »Was soll die Sentimentalität, Grabbe? Mach, daß du zu Bett kommst!«

Grabbe antwortete nicht, sah Schierenberg nur an.

»Bring ihm eine ordentliche Portion Ostender Austern, aber frisch vom Eis und auf meine Kosten!« rief Bünde dem Wirt zu.

Grabbe zog seine Hand von Ziegler weg, erhob sich wortlos und ging langsam aus dem Gesellschaftsszimmer.

In der Nacht klopfte Bergius an Grabbes Tür. Er hatte Rumoren gehört und Fluchen.

Grabbe war wild in seiner Kammer auf- und abgerannt und hatte laut mit sich selbst geredet. »Die Welt... Ich habe...« stieß er heraus und: »Mein Gefühl ist zertrümmert. Ich wollte, daß ich endlich tot... Hab ich eingewilligt, als ich's Leben erhielt? Hab ich's je akzeptiert, so wie's ist? Weg damit...« Er schleuderte Verwünschungen um sich, ging an dem staubigen Spiegel vorbei, sah hinein und verachtete sich. ›Mein ungereimtes Gesicht!‹ Er fegte sein Manuskript vom Tisch und stampfte darauf. Dann riß er seine Pistole unterm Kopfkissen hervor und starrte lange in den Lauf. »Die Menschen sind so bedeutend wie Erdläuse«, sagte er und spannte den Hahn, setzte die Pistole an die Stirn und drückte ab. Sie war nicht geladen. In seinem Gesicht arbeitete es, zuckte, Blut schoß ihm in den Kopf. Er sprang auf und kramte nach den Kugeln. »Nein... Zu früh, zu früh!« rief er und warf die Pistole unters Bett.

Als Bergius hereinkam, lagen die Blätter der *Hermannsschlacht* verstreut auf den Dielen. Bergius wollte sie auflesen, aber Grabbe stieß ihn schroff weg, raffte ein Bündel zusammen, knüllte es ihm in die Hand und sagte: »Da, werfen Sie das nutzlose Zeug in den Lokus, damit die Herrschaften mit Genuß darauf pissen und scheißen können.«

Bergius schob das Manuskript zwischen die wenigen Bücher auf dem Tisch. »Beruhigen Sie sich doch, um Himmels willen«, sagte er. »Nur solange Sie gesund sind, können Sie kämpfen! Die Menschen brauchen Sie noch.«

»Die Menschen sind mir vor allem eins: ekelhaft!« antwortete Grabbe. »Was wollen Sie überhaupt hier, in meiner Schlafkammer, mitten in der Nacht? Haben Sie etwa Angst vor den Ratten? Dann müßten Ihnen die Menschen schier unbekannt sein. Also scheren Sie sich zum Teufel.«

»Ratten?«

»Ja, das Gasthaus wimmelt von Ratten. Wußten Sie das nicht? Dafür ist es landauf, landab bekannt – auch was die gesottenen Keulen, die Sie heute abend gespeist haben, angeht! Keine Nervenstürme! Kein Erbrechen! Es sind ganz exquisite Exemplare, groß wie Karnickel, mit lackschwarzem Fell und aalslangen Schwänzen. Der Schlange im Paradies so täuschend ähnlich, daß ich schon längere Zeit in allem Ernst theologisiere, ob die Schlange der Erkenntnis nicht in Wirklichkeit eine Detmolder Ratte war? Sie springen mit Vorliebe in die Betten. Abraham erkannte im Beischlaf sein Weib, heißt es ja auch in der Heiligen Schrift, und dabei fällt mir ein, darf ich Ihnen anbieten, Ihr Kater zu sein?«

Grabbe stellte sich auf alle viere.

»Ich schätze diese scharfsinnigen Tierchen zwar ungemein, ja vielleicht gilt meine Liebe vorweg den Titanen und den Ratten, will sagen dem Genie in seinen tiefen Gängen, aber in Anbetracht meiner schmalen Position: für fünfzehn Groschen wäre ich durchaus bereit –« Grabbe zeigte grinsend seine Zähne.

Bergius wurde kalkbleich. Er hielt sich die Hand

vor den Mund, riß die Augen auf und rannte in seine Stube. Grabbe hörte ihn würgen und dann noch lange mit einem Stock unter den Möbeln fuchteln.

Grabbe warf sich in Kleidern und Stiefeln auf das Bett und starrte die Risse der Zimmerdecke an. Seine Tränen blieben in den Augen stehen.

Am nächsten Morgen fühlte er sich gehäutet und zerbrochen. Sein Herz pumpte stockend, nur im Kopf glomm noch ein Funke, und der schmerzte.

Grabbe nahm kein Essen zu sich, trank nur ein Glas Meinberger Wasser. Er ließ niemanden in die Kammer außer Wilhelmine, mit der er aber auch lange kein Wort sprach, nur zusah, wie sie das Licht schneuzte und den Boden kehrte. Später gab er ihr die Rambergsche Ausgabe des *Till Eulenspiegel*, und sie besah sich die Illustrationen.

Einmal sagte er: »Wär ich tot, es wäre mir lieb. Hätt' ich nie gelebt, wär's besser.« Sie schniefte, und er sagte gleich: »Et es dumm Tuig! Ich reiße noch den Teutoburger Wald aus.«

Am Mittag ging Wilhelmine. Seiner Mutter ließ er nur bestellen: »Trink Kaffee!«

Er schlief kalt fiebernd und warf sich herum, fuhr auf, steckte eine Kerze an, zählte die Fliegenleichen auf der Tapete und dämmerte vor sich hin. Einmal war's ihm wieder, als schleppe er an einer knappen Kette Zuchthauskugeln an seinen Beinen. Einmal stoben ihm Krähen durch den Traum und nisteten auf seinem Kopf. »Norbert, du wolltest wiederkommen, du hast dein Wort nicht gehalten! Norbert, kommst du nie wieder?« sagte er, als er aufwachte, wollte sich ausweinen, fand aber keine Tränen.

Am Nachmittag warf er ein paar herrische Zeilen an seine Frau aufs Papier. Er schrieb:

Übermorgen früh, Schlag neun Uhr, zieh' ich in mein Haus. Vorerst denk' ich mein altes Zimmer nebst Schlafkammer, beide parterre, zu wählen. Ich hoffe, sie mit allen Möbeln so in Stande zu finden, als sie waren.
Übermorgen früh halb 9 Uhr hat Sophie bei mir zu erscheinen, oder sie ist übermorgen Mittag 12 Uhr außer Dienst.
Detmold, den 24. Juli 1836
Christian Dietrich Grabbe

Er übergab den Brief dem Hausknecht Blinde und legte sich in seinen doppelten Kleidern wieder zu Bett, wälzte sich aber nur ohne Schlaf.

Meyer, der Wirt, kam mit Petri herauf. Petri erschrak, als er Grabbe so aufgewühlt und zerrüttet fand, setzte sich zu ihm und sagte: »Christian, du mußt der Unruhe in einem Gasthaus entgehen.« Meyer schüttelte den Kopf und warf ein, Grabbe stehe noch mit ein paar Talern in der Kreide. »Ich bürge dafür«, sagte Petri und wiederholte: »Komm, steh auf, Christian!«

»Ich bin gerade dabei, an meinen Hermann die letzte Hand zu legen«, antwortete Grabbe und drehte sich zur Wand.

»Ich habe ein Privatquartier für dich aufgetan, beim Schneider Brüggemann.«

»Nä, nä«, murrte Grabbe, »da zieh ich doch noch lieber zu der bösen Sieben, meiner Frau; die will mich zwar nicht haben, und es ist mir auch bange vor ihr, aber ich gehe trotzdem hin, das Haus gehört mir so gut wie ihr. Wir leben in Gütergemeinschaft nach dem lippischen Gesetz. Ich bin im Recht – und ich will's gebrauchen.«

Meyer ging, und Petri nahm Grabbe ins Gebet und warf ihm vor, mit seiner Trinkwut entwürdige er sich, sei er kein Mann mehr. Mit nüchternem Kopf hätte er sich auch gestern abend und in der Nacht nicht so töricht in die Nesseln gesetzt. »Deine Trinkwut und deine unerträglichen Schweinereien, wie kürzlich im ›Posthaus‹ –«

»Ach, spreiz dich doch nicht so, Kanzlei-Rat!« brummte Grabbe. »Du hast auch nur Scheiße im Leib.«

Das sei ein Grund mehr, sich aufzurecken und über die Natur hinauszugehen, antwortete Petri und half Grabbe, die hohe schwarze Roßhaarkrawatte umzubinden.

»Affenpoesie!« rief Grabbe. »Seht ihr denn niemals ein, daß Idealisierung die schuldigste aller Feigheiten ist? Sie steht vor der Lebenswahrheit wie der verschnittene Pfingstochse vorm Scheunentor. Es ist zum Totlachen.«

»Mit solch grellen Gedanken, mit deinem Weltüberdruß verdirbst du dein Leben, Christian!«

Grabbe winkte ab. »Wie kann ich leben, wenn ich sehe, wie das, was ich geliebt habe, schofel ist?«

Petri gab nicht nach und sagte, das Unglück mancher Menschen fange schon früh an, das wisse auch er. »Als andere noch im Paradies der Kindheit waren, in schöneren Verhältnissen, da machtest du schon Bekanntschaft mit dem Elend, dem Laster, dem Verbrechen –«

»Ach was!« brummte Grabbe. »Ich sah doch auch auf der andern Seite des Wallgrabens, hundert Meter weiter, das Schloß, die feineren Menschen, die Herrschaften mit den goldenen Löffeln im Maul!«

»Das weiß ich alles, Christian, aber du hast auch zu selten eine äußerste Anstrengung gemacht, zur Vernunft, zur Versöhnung zu kommen«, und dann werde aus Unglück Schuld. »Warum kannst du dein Leben nicht anständig lenken, wie andere gebildete Männer unseres Vaterlandes?«

Grabbe spuckte in den schlierigen Spiegel. »Weil ich mich nicht leiden kann!« Er lachte. »Es ist unmöglich, mit Notwendigkeit, Moritz«, sagte er dann stockend, »weil es kein Einverständnis zwischen mir und der Gesellschaft geben kann. Im Leben nicht und auch in meiner Dichtung nicht – wenn es keine Puppenspielerei sein soll. Dieser

Goethe wollte mit seiner kunstvollen Zunge der Welt einsingen, sie sei gut so! Ich bin direkt contra: sie ist so eine Infamie.« Sein Freund, der Musiker Norbert Burgmüller, habe nie an ihm herumgebessert. »Er sah ein, daß ich durch die Mißstände und Leidenschaften untergehen muß.«

»Deine Spirituosen –«, rief Petri dazwischen.

»Mein bösestes spirituosum ist mein eigener Geist«, murmelte Grabbe. »Und jetzt halt endlich das Maul! Du bist ein nüchterner, ausgedörrter Mensch, der herzlich verstaubt ist durch die täglichen Akten des weltwichtigen Fürstentums Lippe und seiner Hauptstadt Detmold.«

»Sei nicht so ungerecht gegen unsere wunderschöne alte Stadt!« rief Petri.

»Mein alter Pißpott ist auch schön, wirklich, Moritz – wenn nichts darinsitzt und stinkt!«

Petri lachte.

»Aber in Detmold hast du doch treue Freunde, Christian! In der Treue sind wir stark, und das ist auch etwas.«

»In Westfalen hält man einen Dichter für einen verschlechterten Mastochsen«, sagte Grabbe, kitzelte Petri und jagte ihn durch die Kammer. »Moritz, mein Freund: ich bin doch nur ein titanisches Kind!« rief er. »Aber sag das nicht Ziegler: er schreibt's auf.«

Der Hausknecht kam zurück, einen zusammengefalteten, versiegelten Zettel in der Hand.

Grabbe suchte seine Brille, riß Luises Antwort ungeduldig auf, hielt sie weit von sich, las noch einmal und brüllte: »›Ich stehe unter dem Schutz der Obrigkeit.‹ Punktum! Das hat sie mir zu sagen: ›Ich stehe unter dem Schutz der Obrigkeit‹ – nach drei Jahren Ehe, nachdem ich zwei Jahre draußen im Ausland mein Heil gesucht habe, am Main, am Rhein. ›Ich stehe unter dem Schutz der Obrigkeit.‹ Ich werde diesen Brief zu seiner Zeit drucken lassen. Aber warte! Jetzt ziehe ich schon morgen ein.«

»Minchen soll her!« herrschte er dann Blinde an. »Und auch Priester, ganz ohne Hilfe der Polizei will ich's doch nicht wagen! Ich brauche Zeugen.«

»Treib's nicht zu toll«, sagte Petri, »so kann's noch gut werden.«

Grabbe trat ans Fenster, sah hinunter auf die Lange Straße und sagte leise: »Ich bin eigentlich ganz anders; aber ich bin nie dazu gekommen.«

Der Polizeidiener Priester holte ihn nachmittags gegen drei Uhr in der ›Stadt Frankfurt‹ ab, faßte ihn unterm Arm und führte ihn durch die Straßen. Grabbes weite Hosen schlotterten um seine Beine. Die Weste unter dem braunen Frack hatte er bis zum Halse zugeknöpft. Der Hausknecht schob den Karren mit dem Koffer und dem Mantelsack. Obenauf lag Grabbes Degen. Wilhelmine ging ein Stück Wegs mit. Ein Pferdehändler ritt zwei Schecken vor ihnen her. Der Bursche des Apothekers trug in einem Henkelkorb Medizin aus. Sonst war es leer und still.

Bergius kam auf Grabbe zu und fragte, ob er wieder bei guter Gesundheit sei. Grabbe sagte: »Alle Zeit. Nur, ich kenne Sie nicht.«

»Aber – Sie sind doch der Auditeur, der Dichter Grabbe! Ich habe Sie gezeichnet, Ihr Porträt in der Nacht –« Grabbe sagte ruhig, da liege ein Irrtum vor, es müsse sich um seinen Bruder handeln. »Er sieht mir so ähnlich wie ein Kuckucksei dem andern.« Bergius riß die Augen auf und blieb stehen. Grabbe verzog keine Miene.

Unter der Wehme schickte er Wilhelmine weg und trug ihr auf, die Mutter im Haus zu halten, sie dürfe ihn nicht besuchen. »Ich muß sonst dafür büßen!« Aber er werde fast jeden Abend zu ihnen kommen. Den Polizeidiener Priester behielt er bei sich.

So zog er nach einem Jahr und zehn Monaten wieder in sein Haus.

Die junge Magd empfing ihn und Priester an der Tür. Grabbe nahm sie am Kinn und sah in ihr klares, eigensinniges Gesicht. »Du bist ja geworden, Sophie!« sagte er. »Neulich konnte ich dich gar nicht recht erkennen, so rasch bist du zu Blanke gehuscht. Du mußt es nicht so genau nehmen, ich kann keinem Kind etwas zuleide tun.«

Sophie führte ihn in seine Arbeitsstube. Blinde brachte den Koffer, den Mantelsack und den Degen.

»Setz dich doch. Leeren wir ein Glas!« sagte Grabbe zu Priester und zahlte den Hausknecht aus.

»Haben wir Rheinwein im Keller?« fragte er die Magd.

»Gewiß, Herr Auditeur.«

»Dann bring ein Quart, aber vom besten!«

»Zwei Gläser?«

Grabbe sah Sophie scharf an und preßte die Lippen aufeinander.

»Nein, eins.«

Er ging, die Hände auf dem Rücken, durch seine alte Stube, sah um sich. Es war alles peinlich geordnet. Vor seinen Büchern blieb er stehen, fuhr mit der Hand sanft über die Rücken, nahm die zwei Bände seiner *Dramatischen Dichtungen* heraus und blätterte im *Gothland*. ‚Für das Zerreißen ist das Menschenherz gemacht!' las er, bekam Tränen in die Augen und hustete.

»Das verfluchte Schlackerwetter mitten im Sommer«, sagte er zu Priester und zog ein paar Schubladen auf. Er nahm ein Kinderspielzeug heraus, einen Schimmel, auf dem Napoleon saß und in die Weite deutete. Damit trat er ans Fenster, betrachtete es genau und lächelte. »Das war ein großer Kerl«, sagte er, »schade, daß er zum Tyrannen wurde. Wie alt bist du, Priester?«

»Vierzig, Herr Auditeur, bald einundvierzig.«

»Im Krieg gewesen?«

»Bei Ligny und Waterloo. Ich hab meine Gesundheit im Felde gelassen.«

Grabbe hörte Stimmen auf der Straße und schloß rasch die Vorhänge. Sophie brachte das Quart

Rheinwein, stellte es vor Priester hin und schenkte ihm ein Glas voll ein. Grabbe setzte sich dem Polizeidiener gegenüber und spielte mit dem reitenden Napoleon. »Der Kerl war nur ein Meter und vierundfünfzig Zentimeter groß, erzählt man – ohne Hut und Stiefelabsätze!«

»Auf freundliche Heimkehr, Herr Auditeur!« sagte Priester und hob das Glas.

»Ja, ja«, antwortete Grabbe, ohne aufzusehen. »Hast du eine gute Frau, Priester?«

Priester trank einen Schluck, wischte sich den Schnurrbart und sagte: »Beesters werden sie ja alle gelegentlich, wenn sie in die fliegenden Jahre kommen, haben tolle Nücken, aber ich halte sie an der Kandare.« Er lachte gutmütig.

Grabbe stellte den Kaiser auf seinem Schimmel vor sich auf den Tisch und musterte ihn mit zusammengekniffenen Augen.

»Als ich heute morgen bei der Frau Auditeurin war, um anzumelden, daß der Herr Auditeur wieder hier einzieht, hat sie sehr freundlich von Ihnen geredet«, sagte Priester und trank.

Grabbe stand auf, schloß das bunt bemalte Spielzeug weg und steckte den Schlüssel in die Tasche seines Fracks. Er knurrte: »Sie weiß sich zu verstellen. Freundlich ist sie nur, wenn Fremde dabei sind, sonst reitet sie der Satan.«

»Na, so schlimm wird's nicht werden«, antwortete Priester und trank seinen Wein aus. »Brockmann, mein Schwager, hatte auch einen schiefen Haussegen, aber siehe da –«

Grabbe gab dem Polizeidiener vierundzwanzig Pfennige und sagte: »Schon gut, schon gut, Priester. Ich bedanke mich. Halt dich hart!«

Als Priester gegangen war, setzte Grabbe sich erschöpft auf sein Sofa und sah lange und still im Zimmer umher. Auf der Straße, hinter den Vorhängen, marschierten Soldaten vorbei und sangen. Grabbe spürte, wie ihm wieder Tränen in die Augen traten, und ballte eine Faust. »Himmelkreuzdonnerwetter!« fluchte er.

Sophie kam herein und bat: »Gehen Sie doch hinauf zu Ihrer Frau, Herr Auditeur!«

Grabbe nahm die grüne Soldatenmütze ab.

»Aber Sie sind ja fast –« entfuhr es Sophie; sie erschrak.

»Kahl geworden! Auf meiner hohen Stirn wird es den Läusen schon schwindlig«, sagte Grabbe und grinste.

Die junge Magd hielt neuerlich bei ihm an, doch hinauf in die Gute Stube zu der Frau Auditeurin zu gehen. Endlich konnte sie ihn überreden. Grabbe stand ungelenk auf und folgte ihr zur Treppe, kehrte aber noch einmal um und setzte seine alte Soldatenmütze wieder auf.

Aber Luise hielt sich versteckt, war weggelaufen. Sophie rannte durch das Haus und rief nach ihr. Grabbe setzte sich aufs blaue Sofa und wartete. Er fror, knöpfte seinen Rock zu und betrachtete die dünnen Beine des Tischchens. Auf der Stutzuhr ritten Amoretten einen Schwan. Goethes Büste stand auf dem Klavichord. Grabbe starrte sie an und kaute an den Nägeln.

Endlich kam seine Frau, blieb aber unter der Tür stehen und wollte nicht ins Zimmer. Sie nestelte an ihrem festlichen Kleid. Sophie sprach leise auf sie ein. Luise trat näher, nahm Grabbe in Augenschein, lachte plötzlich und hielt sich die gespreizten Finger vors Gesicht. Grabbe sagte nur: »Tag, Luzie.« Er ging unsicher auf sie zu. Luise verbiß sich das Lachen und reichte ihm die Fingerspitzen.

»Nun setz dich doch wieder!« rief sie und nahm in einem Armsessel Platz.

»Du siehst gut aus«, sagte Grabbe. »Noch immer nicht übel geformt.« Dann schwiegen sie. Grabbe schlug ein Bein übers andere und wippte mit dem Fuß. Luise zog Schleifen an ihrem Kleid auf und band sie wieder. Die Stutzuhr schlug.

»Willst du ein Glas Rheinwein?« fragte Luise.

»Ja.«

Luise rief nach Sophie.

»Du auch?« fragte Grabbe.

»Nein. Ich habe gelesen, im alten Griechenland trank man nie vor Sonnenuntergang!«

Sophie brachte ein Quart Wein, holte aus der Vitrine ein schön ornamentiertes Glas, goß ein und ging wieder.

Grabbe trank nur einen Schluck. »Es ist hier alles noch, wie es war«, sagte er.

Luise sah in ihrer Guten Stube umher. »Vater mochte dieses Zimmer besonders gern«, sagte sie.

»Die Vitrine mit den Antiken ist noch aus Regensburg.«

»Ich weiß.«

Sie schwiegen; später sagte Grabbe: »Ich werde einen Spaziergang machen.«

»Wirst du wieder ein Amt in Detmold einnehmen?« fragte Luise rasch.

»Ich werde Detmolder Hofdichter werden und Geheimrat mit einem herzgroßen Ordensstern«, sagte Grabbe. Luise lachte und steckte ihr volles Haar fester. Nein, er wolle seinen Hermann abschließen, sagte Grabbe, und noch drei Tragödien schreiben, vielleicht mache ihn der Fürst dann zum lippischen Geschichtsschreiber.

»Sie schimpfen in Detmold viel über dich, weil du die Depositenkasse des Militärgerichts nicht ordentlich –«

»Sie schimpfen auf mich? Mehr will ich gar nicht.«

»Ach, wie du wieder redest, Dietrich!« Und: »Mach mich nicht unglücklich.«

»Was wäre die Welt ohne dich, Luzie!« sagte Grabbe und auch, er sei gar nicht arg böse.

»Du hast die falschen Freunde! Die Brüder Runnenberg, Petri, auch Ziegler. Sie haben mich schon einmal fast an den Bettelstab gebracht. Geh ihnen aus dem Weg, Dietrich, bleib im Hause!«

Grabbe trank sein Glas aus und schüttete sich die Neige ein. »Ich bin noch nicht dumm genug, um mich belehren zu lassen«, sagte er steif.

»Hast du etwa keine Schulden aus Düsseldorf mitgebracht?«

»Doch. Zweihundertneununddreißig Taler.«

»Warum?«

»Vorschuß meines neuen Verlegers Schreiner; der Hauswirt, der Barbier...«

»Ich will sie dir bezahlen«, sagte Luise nach einer Weile, »aber abzüglich des Honorars für die *Hermannsschlacht*. Was zahlt dir Schreiner dafür?«

»Vielleicht einhundert Taler.«

»Ich werde deine Schulden bezahlen. Aber mach mich nicht wieder unglücklich! Du warst arglistig, auch undankbar, Dietrich!«

»Ja, ich bin ein krausborstiger Brummbär«, sagte Grabbe. »Soll ich dich wie früher beißen?« Er bleckte die Zähne.

»Ach, Dietrich, du hast so eine plötzliche Natur«, sagte Luise und lachte verstohlen.

Grabbe sah weg und murmelte, es sei doch alles nur Scherz gewesen. »Grabbage!«

»Du hast mich mit Pistolen bedroht –«

»Laß gut sein, Luzie«, sagte Grabbe. »Ich liebe dich mehr, als du denkst. Sie waren nicht geladen.«

Luise reichte ihm die Hand; er legte sie auf den Tisch und strich mehrmals darüber.

»Ich habe wieder *Hermann und Dorothea* gelesen«, erzählte Luise später. »Ich kann schon fünf Gesänge auswendig: ‚Als nun der wohlgebildete Sohn ins Zimmer hereintrat, / Schaute der Prediger ihm mit scharfen Blicken entgegen / Und betrachtete seine Gestalt und sein ganzes Benehmen / Mit dem Auge des Forschers, der leicht die Mienen enträtselt; / Lächelte dann und sprach zu ihm die traulichen Worte –'«

»Das kalte, gedrechselte Ding!« sagte Grabbe.

»Ach, Dietrich, warum redest du oft so über Goethe?«

»Aus Neid«, sagte Grabbe. »Aus Neid und mit Recht!«

Ob es nicht doch lebensklüger sei, wenn Grabbe endlich Unterricht im Tanzen, im Fechten, in der Musik nehme? fragte Luise schnell. »Die leichten und angenehmen Formen der Geselligkeit hast du nie gelernt, Dietrich! Aber ich bin für ein Leben in den höheren Ständen erzogen.«

Er habe kein Bedürfnis nach Geselligkeit mehr, antwortete Grabbe und steckte die Finger in die Ärmel seines alten Fracks. »Kratzfüße statt Leidenschaften. Geplauder statt eines einzigen wahren Wortes.«

Luise zog ihre Hand vom Tisch und fragte, was er zu Abend essen wolle.

»Bauernkost!« sagte Grabbe.

Luise lachte, stand auf, ging um Grabbe herum und küßte ihn auf die kahle Stirn. Dann lief sie in die Küche.

Grabbe starrte auf sein leeres Weinglas.

Er ging in Luises blauer Stube auf und ab und summte das Ständchen aus dem *Don Giovanni*. Manchmal blieb er stehen und betrachtete das ausgebauchte Büffet und die römischen Landschaften auf dem Teppich. Ihm war, als sei er noch nie im

Leben in diesem Zimmer gewesen. Er nahm einen Federkiel vom Sekretär und malte einer hellenistischen Venus Zahnlücken und Schamhaare. Seine Hand zuckte nach dem Taschenmesser; ihn juckte die Lust, Kerben in das polierte, rotbraune Holz des Büffets zu schneiden. Nur angestrengt hielt er sich zurück.

Sophie deckte den Tisch und trug die Speisen auf. Grabbe starrte in die gekochten Augen des Karpfens und hörte auf zu summen. Er setzte sich und sah den toten Fisch genau an. Luise kam herein. Sie hatte sich umgezogen und trug jetzt ein helles Samtkleid. Grabbe trank zwei Glas Rheinwein hintereinander und stocherte in den Gräten des Karpfens.

»Du hast keinen Appetit?« fragte Luise sorglich.

»Mich ekelt vor diesem Fisch. Er sieht so hingerichtet aus.«

Luise aß allein weiter und sagte: »Du hast keinen Appetit, Dietrich, weil du deinen Magen mit Rum ruinierst.«

Rum sei das einzige, was ihm noch manchmal das Lebensgefühl erwärme, erwiderte Grabbe.

»Du untergräbst deine Gesundheit, Dietrich! Dein Gesicht ist aufgeschwemmt, gedunsen. Früher warst du kräftiger, dein Gesicht eher kantig!«

Seine Gesundheit könne gar nicht fester sein, antwortete Grabbe und blies die Backen auf.

Luise aß und erzählte, sie habe in der Nacht, bevor sie eingeschlafen sei, auch wieder in Goethes *Tasso* gelesen.

»Dein Gemütswallen!« sagte Grabbe. »Diese Leonoren. Schwätzerinnen für den Teetisch.«

Luise lachte. »Bist du mit deiner *Hermannsschlacht* nun wahrhaftig am Ende?«

»Wenn man mich hier in Ruhe arbeiten läßt, in wenigen Tagen. Ich habe das Stück schon in Düsseldorf viermal umgeschrieben – und hier in Detmold das fünfte Mal. Ich muß aber noch bessern.«

»Was hättest du nur angefangen ohne das Werk meines Vaters über die Schlacht im Teutoburger Wald?« fragte Luise.

»Ich hätte ein paar andere Bücher gelesen.«

Luise nahm seine Hand und bat: »Sei nicht so –«

»Wie?« fragte Grabbe.

»So roh erzogen, so wenig manierlich.«

»Ich glaube, dem Ätna ist am wohlsten, wenn er spuckt«, sagte Grabbe und nahm sich eine Zigarre. Luise wollte ihm mit einer Kerze Feuer geben, aber es gelang nicht. Er nahm einen großen Bogen Papier aus der Tasche und steckte ihn an. Luise schrie auf und klammerte sich an Grabbes Rücken. »Was ist?« fragte er. »Feuersbrünste haben mir immer gefallen.« Sie schob seine Halsbinde zurecht und fragte, warum er noch in den abgetragenen, nachlässigen Kleidern herumlaufe? Im Schrank sei auch frische Wäsche.

»Es ist mir gleichgültig«, sagte Grabbe und rief

nach Rotwein. Luise sagte ihm, daß Rotwein nicht zu Karpfen gehöre. Er bestand darauf. Sophie brachte ihm eine Flasche. Er wollte sich eingießen und stieß mit seinen zittrigen Händen das Glas um; es zerbrach. Der Rotwein spritzte in Luises Schoß.

»Es macht nichts«, sagte Luise und biß sich auf die Lippen. Grabbe nahm die Serviette und wollte den Fleck aus dem hellen Samt reiben. Doch er wurde nur immer größer.

Luise sprang auf, und Grabbe lief hinter ihr her dreimal um den Tisch. Er stürzte einen Stuhl um. Sie lachte auf, Grabbe packte sie und rieb den roten Fleck in ihrem Schoß. Luise zerrte ihn an den Haaren und flüsterte: »Nicht, Dietrich!« Er ließ sie sofort los und setzte sich zurück an den Tisch. Sein Oberkörper pendelte langsam vorwärts und wieder zurück.

Sophie kehrte die Scherben auf. »Das schöne Glas!« sagte sie und brachte ein anderes. Grabbe trank es auf einen Zug aus. Luise legte eine Serviette auf ihren Schoß, aß weiter und kicherte noch einmal.

Grabbe stocherte in dem kalten Fisch.

»Da fehlt Zitrone! Da fehlt Muskatblüte! Ich hoffte, Sophie hätte in den fast zwei Jahren, die ich fort war, kochen gelernt.«

Luise verzog den Mund. »Ich war's, ich war in der Küche.«

Eine Zeitlang schwiegen sie, dann sagte Luise: »Du solltest eine Advokatur eröffnen! Ich habe mich schon umgehört. Es ist Bedarf.«

Dieses eiserne Räderwerk der Juristerei habe sein Gemüt zermalmt, sagte Grabbe. »Lieber wäre ich Handwerker.«

»Audiatur et altera pars – wie es bei den Römern hieß!« sagte Luise. »Ein Haushalt kostet Geld, Dietrich, und wir haben kaum noch Einkünfte.«

»Wir haben Vermögen für Jahrzehnte«, murmelte Grabbe.

»Wir?« fragte Luise.

Grabbe drückte seine Zigarre aus, sprang auf und marschierte in der Stube hin und her. Er trommelte mit den Fingern gegen die Fensterscheiben und schielte durch den ›Spion‹ auf die friedvolle, feierabendliche Straße hinaus. Es ekelte ihn.

»Ich habe fast zwölftausend Taler mit in die Ehe gebracht«, sagte Luise hinter ihm.

»Ja, und ich achthundertdreiundsechzig Kröten.«

Luise lachte.

»Du hast verzerrte Ansichten, was den Ehestand angeht«, rief sie.

Sophie kam, deckte ab, und Grabbe steckte sich eine Tonpfeife an.

»Ehestand! Die Liebe ist ein Mittel zum fleischlichen Vergnügen«, sagte Grabbe und stampfte weiter durch die Stube. »Die Heirat ist eine widerliche Spekulation. Das Kinderzeugen ist ein notwendiges Übel.«

»Höre nicht darauf, was er spricht!« sagte Luise zu Sophie und wartete, bis die Magd draußen war.

»Dietrich, geh nicht wieder zu weit«, bat Luise dann, hakte sich bei ihm ein und ging mit ihm durch das Zimmer. »Laß uns vernünftig sein!«

»Oui, Madame!« sagte Grabbe. Luise kniff ihn und sagte: »Es kann einer ein Dichter sein und doch ein honoriger, ja ein wohlhabender Mann – wie der Geheime Rat von Goethe.«

»Dieser Frankfurter Kaufmannsbengel, der sich zum Adel hochgedienert hat!«

»Du verstellst dich wieder, Dietrich!« rief Luise. »Du bist nicht behaglich, nicht gut –«

»Ich bin gut, ich bin sehr gut«, sagte Grabbe und fletschte die Zähne.

Luise lachte und drückte seinen Arm. »Die vornehme Gesellschaft in Detmold, die Menschen von Stand –«

Grabbe schleuderte seine Tonpfeife gegen die Tüllgardinen, die augenblicklich zu glimmen anfingen.

Luise schrie auf.

»Fall nicht wieder in Ohnmacht!« sagte Grabbe. »Das Riechsalz ist ausgegangen.«

Er riß sich los und starrte auf die glosenden Gardinen, ohne eine Hand zu rühren. Eine vulkanische Wut brodelte in ihm hoch. ›Diese Atlassessel aufschlitzen! Die Ahnenbilder aus den Rahmen krallen, den Kristalleuchter von der Decke reißen! Abäschern! Abäschern! Alles, diese blaue Stube, das Haus, diese zwergige Residenz, das Menschengenist in Flammen aufgehen lassen, trübrot, den Erdgrind ausbrennen! Karthago, Karthago, die Schacherstadt, hatte siebenhunderttausend Bewohner – was ist davon geblieben: meerumspülte Trümmer und der leere Himmel. Abäschern. Niedermetzeln. In Stücke hacken. Zermalmen.‹ – »Morden! Morden!« murmelte er.

»Warum tust du denn nichts?« schrie Luise. »Was sprichst du da?«

»Ich sagte mir nur ein paar Verse aus dem *Tasso* auf.«

Ein wildes Tosen war in seinen Ohren. Dann Totenstille. Und plötzlich nur noch Erschöpfung. Er mußte sich setzen. Eisige Traurigkeit befiel ihn. Schwarzer Schnee deckte sein Gemüt zu.

Sophie lief herein und erstickte die Funken.

Grabbe stand im Zimmer und ballte seine zu kleinen Fäuste. Sein Gesicht war fahl, und seine Lippen zitterten. Er starrte vor sich hin.

»Ich will nichts mehr von den Menschen, Luzie«, sagte er angestrengt. »Die gute Gesellschaft in Detmold soll mich im Arsche lecken. Wir beide aber, Luzie –«

Er wankte hinaus.

Am nächsten Tag versuchte Grabbe weiterzuarbeiten, doch das Papier blieb leer; schließlich krakelte er eine Zeichnung darauf, böse und komisch. Er brütete über sich, sah gegen die Wand oder ging durch seine enge Arbeitsstube, vier Schritte hin, vier Schritte her.

Später las er eine Szene, die er in der Nacht zuvor geschrieben hatte, schüttelte den Kopf und zerriß sie. »Für wen?« murmelte er. In seinem Hirn ging nichts mehr vor; er schloß die Augen. Lemuren! Alles stumm, öde. Er trommelte den Rhythmus der Marseillaise auf die Tischplatte: Ta-to-ta-ta-tä-ta-ta-ti-e! Doch das Lied blieb draußen, zündete nicht in seinen Nerven. Finsternisse sickerten in sein Fleisch. Er fröstelte, zog wieder einen Rock über den Rock und griff hinter seine Bücher, holte eine Rumflasche hervor, goß sich ein großes Glas voll und stellte es neben sein Manuskript. ‚Weiberlist ist unergründlich', las er und sagte: »O Herr Gott, warum muß mir immer diese Frau in die Szenen fallen?«

Er legte die Feder weg, öffnete seinen großen Siegelring und betrachtete Luises braune Locke. Sein Gesicht zuckte.

»Nur nicht sentimental und nicht süß, Grabbe!« murmelte er und trank einen Schluck. Er klappte den Ring zu und stützte den Kopf auf. So saß er lange.

Es wurde ihm wärmer, doch er sah den Teutoburger Wald nicht nahe, nicht augenfällig vor sich, roch nicht das regenfrische Laub, die schlüpfrige, dunkle Erde, hörte nicht die Todesschreie der römischen Legionäre und nicht das wiehernde Hohngelächter der Cherusker. Das Elend seiner Einsamkeit, seine Ehe würgten ihn. Er saß gelähmt und konnte kein Wort schreiben.

Er wurde erst lebendig, als vorm Fenster Gottlieb nach ihm rief. Da stürzte er das Glas Rum hinunter und ging rasch aus dem Zimmer. »‚Grabbe, das gewaltige Talent, wird wieder erwachen!‘« murmelte er und tastete in seine Fracktasche, ob er die Stuttgarter Rezension bei sich trug, in der dieser Satz und mehr über ihn stand.

Als er im Flur war, lief oben Luise ins Treppenhaus und fragte: »Wohin willst du, Dietrich?«

»Ins Zuchthaus, woher ich komme.« Grabbe lachte.

Er nahm seine Mütze, seinen Schirm und klimperte mit ein paar Metallknöpfen, die ihm am Rock fehlten, in der Tasche.

»Das Geld! Das Geld! Du schleppst es zu der Alten«, rief Luise und kam herunter, hielt ihn fest. »Dietrich, ich bitte dich, geh nicht hin!«

Grabbe kraulte sie unterm Kinn, lächelte schief und sagte: »Ich mache nur einen Spaziergang.«

Er befreite sich derb. Luise taumelte gegen das Treppengeländer. Die Magd kam aus der Küche gelaufen.

»Er will zu seiner Mutter!« schrie Luise. »Sieh, wie ihm die Tasche steif steht hinten im Rock: da hat er Geld drin, das will er zu der Alten tragen! So bringt er mich um mein Vermögen, um die Erbschaft meines Vaters.«

Sie schluchzte, und Grabbe ging.

Als er auf der Straße war und Gottlieb unterfaßte, riß Luise über ihm ein Fenster auf. Sie wollte wohl schreien, hielt sich aber die Hand vor den

Mund. Grabbe drängte mit dem Jungen weiter und sah sich nicht um.

Sie gingen die Allee hinauf, längs des Kanals, bis zum ›Neuen Krug‹. Aber Grabbe wollte nicht einkehren, nahm nur wieder den Arm des Jungen und stieg mit ihm den Waldhang zum Büchenberg hinauf, drehte aber schon bald, auf halber Höhe, um. Der Weg wurde ihm zu beschwerlich.

Detmold lag vor ihrem Blick. Gottlieb fragte: »Die Leute sagen, ein toller Hund habe Sie gebissen, in früheren Jahren, ist das wahr?«

Grabbe schnitt eine Grimasse. »Kein toller Hund«, sagte er. »Menschenköter.«

Er schwieg, sah mürrisch drein und schlug mit dem Schirm die Köpfe der Weidenrosen ab. »Der Löwe ist tot, die Hyänen machen sich Luft. Aber sie sollen sich noch wundern. Grabbe lebt!« Er blieb stehen, sah in die Buchenwipfel, über denen die Sonne in goldenem Dunst unterging. »Bei wenigen ist das Gefühl fürs Vaterland so stark wie bei mir. Doch das erbärmliche Volk hier in dem aufgeplusterten Kotten – ich muß mich noch totärgern.«

Die Sonne drang noch einmal voll durch und schüttete Licht auf den Hang und den Waldrain. Die Vögel, die schon verstummt waren, schlugen und lockten wieder. Es roch süß und stark nach schwarzem Holunder.

Grabbe legte einen Arm um den Jungen.

»Heirate niemals, Gottlieb!« sagte er ernst und

blieb es, auch als der Junge kindisch lachte. »Es höhlt alles aus: Liebe, Arbeit, Hoffnung. Weißt du, was das Beste ist zwischen den Menschen? Eine attische Nacht mit einem Freund, der an dir teilnimmt, an dem du teilnimmst, dem du deine Seele aufschließen kannst. Eine attische Nacht, bis die Lichter heruntergebrannt sind.« Er schwieg, wurde wieder düster und sagte: »Ich habe sie nur kaum gefunden, die attischen Nächte.«

Bevor sie ans Tor kamen, drehte sich Gottlieb aus Grabbes Arm. »Ich muß jetzt laufen«, sagte er. »Sie sehen's nicht gern, wenn wir zusammengehn. Aber mein Freund, Georg Weerth, will nächstens einmal mitkommen.«

»Kriton, Kriton«, murmelte Grabbe, doch der Junge verstand ihn nicht und drückte sich rasch weg.

Grabbe stützte sich auf seinen Schirm, er konnte sich kaum noch auf den Füßen halten. Unter ihm lag die Stadt. »Ihr alle werdet sterben«, murmelte er. »Ihr alle, auch du, Gottlieb. Nichts wird von euch übrigbleiben als Würmerfraß und endlich klappriges Gebein. Doch ich, Grabbe, ich werde euch überleben! Darum muß ich mein Erdgeschäft vorwärtstreiben, anpacken: imperatorisch bis zum letzten Hornsignal.«

Er ging weiter, blies die Backen auf und sagte laut: »Et es olls dumm Tuig!«

In der Dämmerung schlich er über die Brücke und durch das Bruchtor auf die Rampe zum Zuchthaus, seinem Geburtsort. Niemand sah ihn kommen. Er kannte sich hier aus.

Grabbe sah hinüber in den Park, auf das Schloß, die Terrasse – wie er's tausendmal alle die Jahre seiner Kindheit, seiner Jugend getan hatte. Der Fürst gab ein Fest, ein Konzert. Kerzen brannten hinter den hohen Fenstern, und er sah die hellen Schultern der Damen. Die Orden der Offiziere blitzten auf. Musik flog her, genau und zart: das Menuett aus dem *Don Giovanni*. Grabbe tanzte es in der Dämmerung mit, stolperte linkisch, wankte, stieß den Schirm auf, kam außer Atem.

»Attische Nacht«, murmelte er. »Nä, nä.« Für ihn nicht. Er war da drüben aufgewachsen, keinen Vogelpfiff weiter, zwischen dem Arbeitshaus auf der einen, dem Zuchthaus auf der anderen Seite. Hier hatte er das flackernde Licht dieser Welt erblickt, war er Kind gewesen. Hier hatte er die ersten Szenen des Lebens gesehen. Das war seine Kinderstube, sein »Paradies«, seine frühe Universität. Das war sein erstes Bilderbuch, seine wüste Fibel, das waren seine Lehrjahre. Kein Kaiserlicher Rat und kein Königsleutnant, keine Patrizier und keine Menuette, keine klassische Bibliothek und keine Frohnatur – zwischen Vaganten, Taschenspielern, Notzüchtern, Schafdieben, Betrügern, Brandstiftern, Abtreibern, Straßenräubern, Totschlägern wuchs er hier auf: ›Und die ersten Frauen, die ich gesehen habe, außer meiner Mutter und

Wilhelmine, kamen vom Huren, Ehebrechen, Betteln, Blutschänden, vom Landstreichern, Ludern, Quacksalbern und vom Kindsmord: verwüstet, schamlos, verderbt und gebrochen, geschändet, gewalttätig, verrottet und schließlich wahnsinnig.‹

Er sah sie wieder übereinander herfallen auf dem Zuchthof, in den düsteren Gängen, den engen, gemeinsamen Stuben; sich prügeln mit dem hölzernen Hammer, dem Besenstiel, der Flachshaspel, sich das Gesicht, das Fleisch zurichten. Er sah wieder, wie sie einander an den Haaren rissen, die zu Boden Geworfenen mit Fußtritten traktierten, ihnen in die Augen spuckten, sich in die Hosen, die Röcke faßten und geil kreischten, zwischen den Irren und den Waisen; sah sie die Bohlen verbrennen, das schlechte Essen – einundeinhalbes Brot und eine Kanne Wasser, sonst nichts jahrelang – in den Abtritt schütten. Er sah sie im Eisen, angeschlossen an ihr Bett, an die Ketten, den Klotz; sah die stumpfen, zerstoßenen, verrohten Gesichter: Rekker, die Rütherhenken, die Langreck, den Lehmeier, den wahnsinnigen Menkelchen Abraham; sah ihre harten, schmutzigen Krallen, die nach ihm packten, wenn er auf dem Zuchthof kindlich spielen wollte, während der andere, der Glücksbankert aus Frankfurt, schon französisch parlierte, ritt, focht und tanzte. ›Oh, ich hatte auch mein *Willkommen und Abschied*‹, dachte Grabbe und drückte sich in den Schatten der Zuchthausmauer, strich mit den Fingerspitzen über die rohen Steine.

›*Willkomm*, das waren achtzehn, zwanzig Rutenhiebe für den Züchtling, wenn er hier ankam – *Abschied*, das waren zur Erinnerung achtzehn, zwanzig Peitschenschläge, wenn er wieder in die freie Welt ging, um sein Glück zu machen.‹

Grabbe hörte das Stöhnen, das Winseln der Frauen und die Flüche, das Brüllen der Männer, wenn sie mit dem Ochsenziemer, der Weidenrute vom Zuchtknecht ausgepeitscht wurden. ‚Fuiwentwintig up den blauten Nacken und Schlag für Schlag Bleut!‘ Sie brachen zusammen, stürzten in Ohnmacht, doch ein Eimer mit Wasser brachte ihnen das Leben wieder zu Bewußtsein; die Schreie, das Wimmern, die unflätigen Flüche hoben wieder an. Der Zuchtknecht machte die Fenster und Türen dicht, damit den Bewohnern des Fürstlichen Residenzschlosses gegenüber kein unangenehmer Anblick sich bot, damit kein viehisches Gebrüll an ihre Ohren klang.

Aber er, Grabbe, war nicht jenseits des Schloßgrabens, er war mitten im Zuchthaus und im Irrenhaus aufgewachsen – neunzehn Jahre lang. ›Das war mein erster Theaterbesuch, meine Weltbühne, und die todatmenden Gespenster gehen noch durch meinen Kopf –‹ Er schlich weiter.

»Nur nicht sentimental, Grabbe«, murmelte er. »Halt dich hart! Ich habe angesehen, durchlebt, was sie alle nicht durchlebt haben, die Herren Idealisten und Kalligraphen! Ich will, ich werde schreiben, was sie, lebensblind im Brei ihrer edlen Ideen versunken, nie erfahren, nie erlitten haben: die kalte nackte Tragödie des Menschen, die sie seit Shakespeare hinweglügen mit falscher, manierierter Kunst –«

Über ihm kam gemeines Gelächter aus einem vergitterten Fenster. Er fuhr erschreckt herum und sah hinauf. Zwei Zuchthäuslerinnen klammerten sich an die Gitterfenster, eine ruinierte Alte und ein Mädchen, fast noch ein Kind, und schütteten schamlosen Spott über ihn, ließen ihre Zungen spielen: »Komm rauf, du Schnapslump!« – »Bald bist du doch soweit!« zischelten sie leise. »Woher stammst du, alter Heckenpenner?« – »Aus dem Lippischen sicher nicht, sonst kennten wir dich, Hurenbruder!« – »Komm rauf, hier ist's trocken. Bring eine Buttel Schnaps mit!« Sie hoben die Röcke bis unter die Arme. »Wir wollen dich lieben, knickschwanziger Beschäler!« – »Ich blase dir die Eier aus, mein läufiger Prinz!«

Sie lachten scharf und rüttelten am Gitter. Angst, Panik, Entsetzen packten Grabbe. Er rannte weg, hörte die Wachtposten drohen und die eisernen Riegel und Stangen vor der kleinen Zuchthauszelle zurückschieben, wankte, so rasch er es vermochte, das ätzende Gelächter im Nacken, weiter über die Brücke. »Fort! Fort! Fort aus dieser Welt!«

Am Schloßparkgitter hielt er sich fest. Sein Atem flog. Das Menuett war verstummt, aber die Kerzen brannten noch. Eine Frauenstimme sang. Grabbe ging weiter. Die Erde bockte unter ihm. Er raffte sich auf und wankte in die Stadt.

Unter dem Kirchbogen saß der Leiermann mit seiner Meerkatze, aß Speck und trank Schnaps dazu.

Grabbe riß ihm die Flasche vom Mund und nahm einen langen Schluck. Der Leiermann lachte. Grabbe packte die Handorgel und sagte: »Tuig mir's, Vedder!«

Der Leiermann stellte die Walze ein, Grabbe drehte langsam die Handorgel und sprach gegen die alberne Melodie eines Gassenhauers an:

»Kuckuck hat sich zu Tod gefallen
an einer hohlen Weiden,
wer soll uns diesen Sommer lang
die Zeit und Weil vertreiben?«

Gern lag er in seinem Arbeitszimmer still auf dem Boden, über einer Erdkarte. Er stützte den Kopf auf die Hände und reiste fort durch fremde Länder. Dieses Abenteuer auf dem Papier hatte er schon als Junge geliebt. Amerika, China, Rußland, Griechenland, Italien, Afrika waren ihm dann nah und zugänglich. Er setzte jetzt seine Brille auf und suchte die Schlachtfelder Napoleons, zog die Straßen, die der Kaiser gebaut hatte, die seine Armeen marschiert waren. Grabbe sah Hannibal aus Spanien aufbrechen und mit seinen afrikanischen Elefanten über die verschneiten Alpen steigen. Er traf Friedrich Barbarossa in Mailand und Don Juan in

Rom, Herzog Theodor in Schweden, Arminius im Teutoburger Wald. Alle seine Helden scharten sich um ihn. Alexander der Große würde nach Persien, nach Indien ziehen und untergehen in seinem, Grabbes Alter. Eulenspiegel tanzte in Braunschweig auf dem Seil, und Christus trug sein Kreuz nach Golgatha. Grabbe sah sie vor sich auf dem Welttheater, hörte ihre Stimme, ihre Worte, ihren Schrei, ihr Liebesgeflüster, ihren grobianischen Spott, ihre Kommandos. Er spürte ihr Schwert in seiner Brust, die Dornenkrone auf seiner Stirn, schmeckte ihren Wein, betastete das Fleisch ihrer Frauen, roch ihren Todesschweiß, lachte ihr Höllengelächter mit. Er breitete die Arme aus und legte sich dicht an die Erde. Das Rumglas neben ihm kippte um, der Alkohol floß über die Steppen, mündete in die fernen Ströme, in das Meer. Grabbe leckte die kleine, braunrote Pfütze auf. »Mein Erdgeschäft ist die Tragödie«, murmelte er, »und die Komödie: erschütternd, wild und lustig.«

Vom Hausflur, vor seiner Tür, hörte er, wie seine Mutter zu ihm wollte, ihren Sohn besuchen, und wie Luise es ihr hart verbot. Die zwei Frauen zankten sich verbissen. Luises Stimme wurde spitz, schrillte; seine Mutter kam lange nicht zu Wort; dann blaffte sie rauh und wüst. Grabbe hörte die feindseligen Stimmen und blieb auf der Erde liegen. Er wurde kalt und starr, fing den giftigen, blindwütigen Dialog auf und grinste.

»Fort, fort auf der Stelle! Ich will doch sehen, wer in meinem Hause zu befehlen hat!« schrie Luise. »Sie ist eine Kreatur, ein Halbtier! Sie stinkt ja, sie trinkt auch! Sie hat's Dietrich beigebracht! Sie ist ja schon wieder besoffen! Und dieses Minchen, die Hure, hat sie ihm schon früh ins Bett gelegt!«

Grabbe hörte auf zu lauschen, zu grienen. Er hielt sich die Ohren zu, vernahm aber doch, daß Luise draußen weitertobte, und horchte wieder auf, als seine Mutter roh dazwischenfuhr: Die Clostermeiersche habe sich ihrem Sohn mit Gewalt aufgedrängt, dem Herrn Militär-Auditeur, einem berühmten Mann – um nur nicht als trockene Jungfer hinzusiechen! Sie sei ja zehn Jahre älter, schon eine güste Kuh, und nun lasse sie Grabbe im Elend und spucke ihm ins Bett, weil sie keine Liebe habe.

Grabbe sprang auf. Er riß seinen Degen von der Wand, schlich zur Tür, legte sein Ohr an das Holz, hörte wieder zu. Allmählich kehrte das kalte Lächeln auf sein Gesicht zurück. Er schob die rechte Hand unter die Knopfleiste seines Rocks und teilte mit dem Degen Treffer in die Luft aus.

Plötzlich, während das Keifen und Murren im Flur und dann Unter der Wehme weiterging, legte er sich wieder auf die Erdkarte, trank einen Schluck Rum und fing an zu schreiben, eine Szene für seinen *Till Eulenspiegel* zu entwerfen. Er sah und hörte nichts anderes mehr.

So traf ihn Ziegler gegen Abend.

»Ich habe die Welt unter mir!« rief Grabbe auf seiner Landkarte und erzählte, daß der Hermann fertig sei. »Ein paar Hiebe und Striche noch da und dort, aber sonst ist er beendet.«

»Freust du dich, atmest du auf?« fragte Ziegler.

»Ach, rede kein dummes Zeug!« sagte Grabbe müde. »Ich atme auf, wenn ich feurig im Zuge bin, mitten in der saftigsten Arbeit! Aber jetzt – was nun? Trinken wir eine Flasche auf unsere Cherusker! Sie haben den Römern samt aller Kultur prächtig die Schädel eingeschlagen. Drei Legionen haben sie im Teutoburger Wald abgeschlachtet, drei Reiterformationen und sechs Kohorten – immer wakker aus dem Hinterhalt! Zwanzigtausend, die Frauen und Lasttiere nicht gerechnet – blutige Leichen! Du weißt ja: ‚Wer wen'ge totschlägt, ist ein Mörder, / Wer viele totschlägt, ist ein Held'.«

Aber Grabbe habe doch immer ein Herz gehabt für die cheruskischen Bauern, für Hermann den Befreier! rief Ziegler verwirrt.

»Ja, freilich«, brummte Grabbe, »aber komm, trinken wir eine Flasche Bier auf den Varus, diesen kultivierten Schwachkopf, und ein paar auf den Kaiser Augustus, der vielleicht wirklich ein großer Mann war. ‚Der nahe Tod streift die Welt von mir ab, als wäre sie mir mit ihren Sonnen und Sternen nur eine bunte Schlangenhaut'. Ach was, leeren wir ein Glas!«

Ziegler wollte nicht trinken. »Dir bekommt's doch auch nicht mehr wie früher, Christian! Dein Magen, deine Leber –«

»Himphamp! Meine Misere kommt vom Klima

und der Pest unserer sozialen Zustände.« Das sei doch alles kleinstädtisch und dumpf hier – und so sei's in ganz Deutschland. Berlin, Dresden und noch ein paar Städte ausgenommen. »Ich versaure unter diesen geistesarmen Heringen. Ich will nach Paris oder dahin, wo Rheinwein wächst. Hierzulande ist unsereiner der Moral ausgeliefert. Diese Biedermänner, Pietisten und anderen Seelenfurzer verstehen nichts, gar nichts vom wilden Vorgang der Geschichte, was wirklich geschieht in unserer diesigen Epoche – aber sie sind bereit, die Welt zu opfern, wenn sie nur ihren Katechismus dabei retten. Sirupzeit! Ein Dichter, was ist das denn heute, Karl? Ein Abendvertreiber, ein Gemütskitzler, man hält ihn am Leben wie einen Hund, der die Zeitung holt und dabei auch noch durch einen brennenden Reifen springt.«

Grabbe öffnete eine Flasche und trank allein.

»Dann diese Ehe, dieses Würgeisen, dieser Skandal«, knurrte er. »Sie hätte einen zungenfertigen Professor heiraten sollen, mit schönem Geist, der antikische Dramen schreibt – und auch noch aufgeführt wird an den deutschen Hoftheatern! Sie verwechselt doch, wie so viele, die goldbestaubte Ästhetik mit Kunst. Ziegler, wir müssen mein Manuskript der *Hermannsschlacht* verstecken, bei dir oder bei Petri, sie stiehlt es mir noch, kritzelt darin herum; sie hat mir schon nach Düsseldorf geschrieben, wie ich das Stück anzupacken habe! Die Frau ist ein Genie – im Maulwurfsfangen und Geldzählen.«

Ziegler sah Grabbe betroffen an. »Aber du hast die *Hermannsschlacht* doch schon vor ein paar Tagen an Petri geschickt, Christian! Er läßt sie abschreiben.«

Grabbe schlug sich gegen die Stirn und lachte.

»Ja so, hab ich das? Ich arbeite aber noch weiter an dem verfluchten Stück! Da, sieh – über dreißig Seiten sind schon verbessert. Das Luder wird alles an die Juden verkaufen.«

Das glaube er nicht! entgegnete Ziegler. Grabbe wisse, daß die Frau Auditeurin auch ihm nicht grün sei, immer weniger, aber so etwas Schofeles glaube er nicht von ihr. Sie wolle Grabbe wohl, aber sie könne es nicht. »Und was hast du so häufig gegen die Juden?«

»Nichts«, sagte Grabbe und lächelte schief. »Aber sie haben Erfolg, diese Heines und Börnes. Ich habe doch in meinem *Aschenbrödel* einen wahrhaft gewaltigen, großartigen Juden ins Leben gesetzt: den Isaak. Aber warum reden wir nicht vom Hermann, das ist urgermanisch, westfälisch!« Er rannte mit seinem Bierglas zwischen den engen Wänden hin und her, sah in sein Manuskript und schlug sich mit der Faust in die hohle Hand. »Das duftet nach Fichten und Farnkraut und Blut und Jugend«, sagte er, und Ziegler fragte, ob er jetzt alles lesen dürfe, im Zusammenhang. »Noch nicht!« rief Grabbe; aber vorhin hätte Ziegler ein deftiges Stück hören können, wenn er nur drei Stunden früher gekommen wäre. Ein Flur-, Treppen- und Straßenstück: »Solche Szenen haben nur noch Aristophanes und Shakespeare geschaffen!«

Grabbe rieb sich die Hände, feixte und sagte: »Weißt du, warum ich heute doch wieder Lebensgeschmack habe, Karl? Ich werde ein Lustspiel schreiben – *Eulenspiegel*! Da werde ich's zeigen, was eine deutsche Komödie ist, da legt sich der dicke Falstaff schlafen. Kannst du mir das alte Volksbuch leihen? Gut. Der Till Eulenspiegel ist kein bloßer Spaßmacher, der repräsentiert die aus tiefstem Ernst entstandene deutsche Weltironie! Das sagt doch vieles, sehr vieles, daß wir bis heute noch kaum eine Komödie haben, daß diese Herren von Goethe und auch Schiller nicht eine einzige Komödie auf die Bretter gestellt haben.« Das sei doch fast ihr Todesurteil. Lessing, na gut, aber der Tellheim sei ein Ehrpussel und die Minna eine klugscheißende Jungfrau, da friere ihm der Schwanz ein, und er müsse ganz rasch wieder eine Seite im Aristophanes lesen. »In meinem *Eulenspiegel*, da werden die Deutschen eine Sprache hören, ihre Sprache – nicht die der Gräfin von Scandiano und dieser Iphigenie aus Weimar, oben Frau von Stein und unten Prinzessin Fisch – was gehen uns diese feudalen Puppen und ihr affektierter Edelmut noch an? Nein, die Sprache der Ziegelbrenner, der Trompeter, der Küfer, der Diebe, der Pferdehändler, Schieferdecker, Seiler und Narren, die Sprache der Armen, des Volkes. Komm, trinken wir ein paar Flaschen Einbecker auf die deutsche Komödie und rauchen Zigarren!«

Grabbe rief nach Sophie und schickte sie in die nächste Gastwirtschaft, dabei fing er ein Flirren zwischen ihr und Ziegler auf, wurde mißtrauisch und verstummte lange.

Ziegler sagte schließlich, er halte das Satirische für Grabbes größte Begabung. »Papperlapapp und Quark!« murrte Grabbe. »Nur weil ich das Teufelsstück geschrieben habe! In Berlin. Von Berlin muß ich dir noch viel erzählen, Ziegler, das ist dir eine Stadt, Berlin –«

Sophie kam mit dem Bier und Zigarren.

»Berlin, das ist riesenmäßig! Ziegler, Berlin, das ist – mein Gott, was haben wir da gevögelt!«

Sophie ging hastig hinaus, und Ziegler schwieg, nahm aber eine von Grabbes Zigarren und trank auch ein Glas Bier. Eine Zeitlang war es wieder still zwischen ihnen.

»Das Satirische und die Geschichte!« sagte Ziegler dann ruhig. »Du solltest wieder ein politisches Stück schreiben, Christian, wie es dein *Napoleon* ist.« Ob ihn denn der Geist der politischen Umwälzungen nach 1789, der Freiheitskriege, der Julitage 1830, nicht wieder beseelen könne? »‚Der Geist der Revolution weht noch in Europa' – du hast es doch selbst immer gesagt!«

»Beseelen!« knurrte Grabbe. »Siebzehnhundertneunundachtzig, ja, da hat's gelodert, da hat der Weltgeist geweht, und Napoleon, die Freiheitskriege, die paar Julitage 1830 – das war groß! Aber wohin ist denn alles? Wo sind die wenigen wirklich bedeutenden Männer, die Titanen, wo ist die Revolution? ‚Der Geist weht noch'. Er säuselt! Aber immerhin. Doch wo ist der Körper, in den er fahren könnte? Die Masse ist stumpfsinnig, der Bourgeois schachert, und die Fürsten sind beides zufrieden. Wir sind Insekten, die vom Kadaver großer Männer des achtzehnten Jahrhunderts fressen. Unsere Zeit, Karl, hat den Hirnkrampf. Seit Napoleons Ende ist es mit der Welt, als wäre sie ein ausgelesenes Buch – wir stehen, aus ihr geworfen, als Leser davor und wiederholen und überlegen das Geschehene. Außerdem: Was helfen alle Revolutionen, wenn nicht jeder Mensch sich selbst revolutioniert, id est: wahr gegen sich und andere wird?«

Er trank viel und redete rastlos, alles mit leiser, erschöpfter Stimme. Ziegler wollte gehen. Er müsse noch zu Pustkuchen, ein Prozeß sei zu klären, ein Soldat habe wieder ein unbescholtenes Mädchen geschwängert, wolle es aber nicht heiraten.

Grabbe redete rascher, rappelig, ohne zuzuhören und bot Ziegler noch eine Zigarre, eine Flasche Bier an.

»Wenn ich schreibe, bin ich gesammelt und scharf, eine Messerklinge«, sagte er. »Aber heute kann ich mich einmal öffnen – bei dir! Mit wem sonst kann ich denn hier wirklich sprechen, über das, was mich noch beschäftigt?«

Ziegler blieb unruhig sitzen. Grabbe stampfte weiter auf und ab, blies den Staub von den Büchern und trank Bier.

»Der alte Fritz, Napoleon, das waren riesige

Kerle!« sagte er. »Heute herrscht das Geldsystem und das Genußleben. Ach was: die Kanaille! Alles liegt chaotisch durcheinander. Es wird Zeit, daß der Geist Gottes mal wieder über den Wassern schwebt.«

»Die Bürger wollen keine großen Zeiten«, erwiderte Ziegler, »nehm's ihnen einer übel! Soviele hunderttausend Tote, zerstörte Städte, Dörfer. So viele Krüppel, verwaiste Kinder, soviel Hunger.« Er stand auf.

Grabbe hielt ihn krampfhaft am Arm.

»Ihr habt ja recht, Karl«, sagte er zappelig. »Wir haben keine wahrhaftig heroische Zeit, man muß sie heute in Tragödien zeigen – und die wollen die Krötenanbeter nicht sehen! Sie fürchten nichts mehr in der Kunst als den Widerschein der blanken Lebenswahrheit. Für wen schreibe ich, Karl, wer ist mein Publikum? Das Volk: es kann mich nicht lesen, mich noch nicht verstehen, und die mich lesen, anschauen könnten, sie wollen's nicht – weil ich an ihrem Betthimmel aus Lügenseide, falschen Säulen und gestickter Lust rüttele. Sie hassen mich nicht einmal, Karl, dazu sind sie zu schlau und zu nüchtern. So jemanden wie mich, der aus dem Zuchthaus kommt, aus dem Pöbel, so jemanden sieht man gar nicht, man schweigt ihn tot. So wurde ich zum Krüppel. Hier in Detmold kennt mich doch keiner, Karl, auch du nicht ganz. Ich habe mich immer verstellt. Ich lüge seit Jahren aus Grundsätzen.«

Grabbe setzte sich wieder in seine Ecke und fragte, ob er Kerzen anzünden solle. »Oder willst du doch lieber Rheinwein? Rheinwein zündet auch Kerzen an. Hier!« sagte Grabbe und schlug sich gegen den Kopf.

Ziegler sah auf die Perpendikel-Uhr, die hinter Grabbe hin- und herpendelte. »Ich muß jetzt wirklich gehen, Christian. Pustkuchen wartet schon lange auf mich in der ›Ressource‹. Morgen besuche ich dich wieder! Leg dich jetzt schlafen, du weißt, das hitzige Reden bekommt –«

Grabbe sah ihn scharf an und sagte kalt: »Pustkuchen. Sie heißt doch Möller, Sophie Möller! Habt ihr nichts anderes im Kopf, als euch zu begatten? Einen kleinen bepißten Fetzen Fleisch zum Mittelpunkt des Lebens zu machen – ekelhaft und lächerlich!«

Er wandte sich ab. Ziegler ging. »Bis morgen, Christian«, sagte er.

Grabbe winkte schlaff. Er stemmte die Ellbogen auf die Knie und legte sein Gesicht in die Hände.

Eine Stunde danach schlich Grabbe auf Strümpfen durchs Treppenhaus hinauf zu Luises Stockwerk. Er trug eine Axt in der Hand und lange Hölzer. Grabbe lauschte und lehnte die Latten dann sorgfältig gegen Luises Türen. Sie hörte ihn und riß eine Tür auf. Die Hölzer fielen laut in ihr Zimmer. Luise sah Grabbe mit der Axt auf der Treppe stehen. Sie erschrak zu Tode und schrie um Hilfe. Sophie lief aus ihrer Kammer herbei und führte Luise in die Gute Stube zurück. Sie schloß rasch alle Türen ab. Grabbe stieg stumm die Treppe hinunter.

Tags darauf kam Grabbe vom Entenfüttern über den Hof. Er wollte ins Haus, doch die Tür war verriegelt. Oben ging Luise geschäftig hin und her, klapperte mit Pfannen und Deckeln und sang vor sich hin. Grabbe rüttelte an der Tür, stemmte sich dagegen – sie gab nicht nach. Seine Knie zitterten, und sein Puls ging stolpernd.

Er raffte sich zusammen und modulierte seine Stimme sanft. »Luzie!« rief er kläglich. »Luzie! Mir geht's gar nicht gut. Ich muß auf der Stelle Hof-Rat Piderits Arzeneien nehmen.«

Luise hörte nicht auf ihn und fuhr fort, in der Küche zu hantieren und zu singen.

Grabbe ging unter ihr Fenster, lehnte sich auf eingeknickten Beinen an die Wand und stöhnte. »Luzie!« rief er, machte eine Pause, röchelte und rief schwächer: »Luzie, ich glaube, mein Herz hört auf zu schlagen. Ich muß mich erbrechen –«

Im oberen Stock wurde es still. Grabbe würgte und fiel zur Erde. Er zuckte mit den Beinen, würgte wieder und lag dann steif. »Luzie!« rief er noch einmal außer Atem, »bitte mach auf, laß mich nicht hier in meinem Kote sterben. Lange mach ich's nimmer.«

Luise öffnete das Fenster und sah herab.

»Du verstellst dich!« sagte sie und lachte. »Du lügst ja wieder, Dietrich!«

Grabbe blieb stumm und rührte sich nicht. Luise verschwand. Sie kam auf leisen Füßen die Treppe herunter und öffnete vorsichtig die Hintertür. Grabbe blieb auf der Erde liegen und atmete schwer. Er streckte flehend die Hände nach seiner Frau aus. Luise trat auf den Hof und kam ernst näher.

»Ist dir wirklich übel, Dietrich?« fragte sie. »Das kommt vom Rum! Bemitleide dich nur nicht wieder.«

Grabbe sprang rasch auf, umarmte seine Frau und fing an, sie zu kitzeln. Luise mußte kichern und dann laut lachen. Er kitzelte sie schärfer. Sie lachte schrill, bekam keine Luft mehr und warf sich auf den Erdboden, Grabbe über sie. Er hörte nicht auf, sie zu kitzeln. Luise rang nach Luft und wälzte sich im Hof. Er kitzelte sie weiter, Luise fing an zu schreien. Grabbe ließ nicht von ihr ab, riß ihr die Röcke hoch und kitzelte sie zwischen den Beinen. Luise strampelte und verlor ihre Schuhe. Er kitzelte ihre Fußsohlen, ihre Schenkel. Luise trommelte ihm auf den Rücken, verlor aber alle Kraft und winselte um Gnade. Grabbe kitzelte ihre Achselhöhlen, ihre Rippen, ihren Bauch. Luise rang die Hände und starrte ihn an. Grabbe kitzelte sie und zupfte an ihren Brustwarzen. Schließlich lag Luise da im Hof und wimmerte nur noch. Ihr Körper zuckte unter seinen spitzen Fingern; ihre Augen sahen ihn irr vor Angst an. Grabbe stand auf, ließ sie im Hof liegen und schwankte ins Haus. Die Tür schloß er hinter sich ab.

Eine Minute später erschien er am Fenster über ihr und setzte sich auf das Brett. Er hob eine Rumflasche, füllte sich ein Glas und prostete Luise zu.

»Auf meine Gesundheit! Auf deine Schönheit! Auf unser Glück!« rief er mit heiterer Stimme und trank. Luise lag noch am Boden und schluchzte stoßweise.

»Aber was weinst du denn, mein Weibchen?« fragte Grabbe besorgt. »Beruhige dich doch, Herzchen! Mir geht es ja schon wieder recht gut.«

Er goß sich noch ein Glas Rum ein und rief: »Luzie, mein Engel! Jetzt trinke ich allein auf dein Wohl! Unsere Ehe ist doch der Himmel auf Erden, und so soll es auch bleiben!«

Luise sah auf und stammelte nur: »Grabbe!«

Er ahmte das Spiel auf einer Mandoline nach und sang zärtlich das Ständchen aus dem *Don Giovanni*:

»Deh! vieni alla finestra, o mio tesoro.
Deh, vieni a consolar il pianto mio...«

Erst Sophie Möller, als sie mit ihrem Einkaufskorb vom Kaufmann kam, schloß die Tür auf und ließ Luise ins Haus.

»Kein klassisches Stück, kein *Tasso*«, rief Grabbe Luise zu und hob sein Rumglas, »aber lustig, lustig!«

In den letzten Augustwochen wurde ihm zunehmend elend und von Tag zu Tag kälter. »Ich habe die Magenschwindsucht«, sagte er nur. Er ging nicht aus, saß in seinem Arbeitszimmer und brütete über seinen Plänen. Er aß fast gar nichts mehr und fiel schnell vom Fleisch. Die Enge schnürte ihn ein; eine frostige Angst kroch durch sein Gemüt. Er blieb an seinem Schreibtisch, stützte die Stirn in die Hand und fror. Seine doppelten Kleider knöpfte er noch dichter zu. Sobald er die Stimme seiner Mutter, die um das Haus strich, auf der Straße hörte, wurde er unruhig.

Nur Sophie sah er mit ungetrübtem Blick an und sagte: »Du willst mir nichts Böses. Bin ich denn so schlimm? Ich habe immer nur Interesse erweckt, nie Liebe und Sehnsucht. Dumm Tuig, wat?«

»Nein«, antwortete Sophie. »Sie sind krank, Herr Auditeur.«

»Nicht ich bin's, der krank ist«, sagte Grabbe.

Er schrieb nur noch wenig, las aber oft in dem alten Volksbuch vom Tyll Ulenspiegel, das ihm Ziegler geliehen hatte. »Himmelkreuzdonnerwetter, der Kerl gefällt mir!« rief Grabbe und wieherte plötzlich vor Lachen. »Das ist ein echt norddeutscher Charakter, frisch aus dem Felsen gesprungen wie das Wasser des Moses. Das Ding muß ich schreiben! Das ist mehr als nur ein drolliges Nachspiel zur *Hermannsschlacht*. Der Eulenspiegel – wie da ein Schalk sich blöd stellt und doch schlauäugiger ist als sie alle –, das ist eine Weltkomödie!« Dann wieder zog er sich zusammen, steckte die

Hände in die Ärmel seines braunen Fracks und starrte gegen die Wand. Eine Spinne, die darüberlief, erschreckte ihn jäh. Er zermalmte sie mit einem Folianten, saß danach abgehetzt im Sessel und wippte mit dem übergeschlagenen Bein. Er fror schärfer, holte eine Bettdecke und hängte sie sich um. Ihm war, als liege eine erfrorene Ratte in seinem Gehirn, totenstarr über all seinen Gedanken.

Ziegler brachte Dr. Piderit, den Arzt und Hof-Rat. Grabbe blies die Backen auf und rollte die Augen.

»Ein Doktor in meiner Stube, was soll das dumme Zeug? Es geht wieder bergauf mit Grabbe! Nachhutscharmützel der Krankheit! Ich werde euch alle noch am Sterbebett besuchen und euch Weihnachtslieder vorsingen.«

Piderit tastete seinen Leib ab und sagte: »Sie sind dürr wie ein Forkenstiel und eiskalt, Grabbe.«

»Ja, bin ich immer, schon viele Jahre. Was soll ein Mensch wie ich in diesem Leben denn anderes werden als kalt und verdorrt?«

»Lassen Sie das viehische Saufen!« sagte Piderit.

Grabbe preßte die Lippen aufeinander. »Halt's Maul, Doktor! Was geht's dich an, wenn ich mich zu Tode saufe? Was hilft es mir, wenn ich noch einige Jahre lebe, gegen meine Bedürfnisse lebe – und dann doch sterben muß?«

Piderit antwortete, wenn er den Rum nicht drangebe und den Schnaps, könne er nicht mehr von Jahren, höchstens noch von einigen Wochen reden. Grabbe sah ihn stumm an; seine Unterlippe zuckte.

»Na gut«, murrte er dann, »lassen wir den Rum weg und den Schnaps. Er war mir sowieso zuletzt widerlich. Ich will hin, wo Wein wächst, und auch Bier ist ein ehrlicher Saft. Was soll mir denn fehlen, Doktor – Magenschwindsucht, die Syphillis, der Brand im Rückenmark? Ich fühle mich so leicht wie lange nicht.«

»Leicht – ja, Grabbe. Sie verhungern mit vollem Mund.«

»Jo, ich verhungere«, brummelte Grabbe, »aber nicht, weil mir der Brotknust fehlt. Gehen Sie heute nicht unter die Dichter, Herr Hof-Rat! Uns holt alle der Duiwel. Na ja, der Kerl ist ja auch mein Großvater – mein anderer war noch Leibeigener.«

Piderit verschrieb ihm eine stärkende Arznei, doch als er am Nachmittag mit Ziegler wiederkam, fand er Grabbes Zimmer voller Hühner, die herumpickten.

»Was ist denn das?«

Grabbe sagte trocken: »Ach, die Pillen schmeckten mir so schlecht, da hab ich die Hühner damit gefüttert.«

Luise, die unter der Tür stand, schlug die Hände zusammen, lachte und flüsterte dann: »Was er nun wieder anstellt! Ich glaube wirklich, er ist stundenweise wahnsinnig. Ja, im vollsten Ernst: er ist wahnsinnig. Habe ich nicht recht, Herr Hof-Rat?«
Piderit erwiderte nichts.

»Seit Tagen spricht er kein Wort. Habe ich dich gekränkt, Dietrich?«

»Ach, laß mich in Frieden, Madame!« sagte Grabbe.

»Das tue ich ja schon die ganze Zeit«, antwortete Luise.

Piderit gab ihr Ratschläge und Anweisungen, damit sie Grabbe wieder gesundpflege. »Sie müssen oft nach ihm sehen, daß er nicht allein ist und so in sich wühlt.«

»Doktor, auch Sie sind ein finsterer Westfale«, rief Grabbe und lachte. »Die haben manchmal schwarze Vorhänge an den Fenstern.«

Luise sagte ernsthaft: »Ich will ja meine Ehepflichten tun.« Aber sie habe Angst vor ihm! Grabbe mache ihr Nervenstürme mit seinen Narreteien, seiner riesenhaften Widerspenstigkeit, seinen Verzerrungen –

»Ihr altes Gemütswallen, Doktor«, sagte Grabbe. »Behandeln Sie lieber meine Frau.«

Er ruiniere auch die Erbschaft ihres Vaters, des Archiv-Rates, ihr Hab und Gut. Außerdem habe er noch am 15. August ihren Geburtstag vergessen.

»Dafür solltest du mir von Herzen dankbar sein«, sagte Grabbe.

Als er mit Ziegler alleinblieb, wurde Grabbe kleinlaut und wehmütig. Er sprach von seiner Zeit in Düsseldorf. »Mein Lokal hieß ›Drachenfels‹«, erzählte er. »Stange, der Eigentümer, war ein genialischer Wirt. Ich konnte mich anfangs nicht zurechtfinden in der wirbeligen Stadt, ein junges Mädchen mußte mich immer begleiten. Aber die Rheingans wollte zuletzt nicht mehr, ich glaube, sie schämte sich meinetwegen. Da malte mir der Wirt einen schönen Stadtplan, und was glaubst du – da fand ich sogar in dem wirrseligen Düsseldorf nach Hause.«

Später sprach er über seinen Freund, den toten Musiker Burgmüller. »Er war ein blasser, ernster Mensch. Sein Schweigen war schon grauenhaft. Er hatte einen grenzenlosen Widerwillen gegen die Welt, und was er an Gedanken und Tönen hinwarf, war schneidend romantisch. Er machte dann eine Badekur bei Aachen – und ertrank. Im besten Alter für derartiges: achtundzwanzig.«

Draußen rückte das Füsilier-Bataillon Lippe aus, um sich zum Manöver vor einem General des Bundestages einzuexerzieren. Militärmusik schmetterte, und Ziegler horchte hinüber.

Grabbe wurde unruhig. »Geh nicht mit den Soldaten auf die Heide, Ziegler«, bat er. »Bleib bei mir. Hör gar nicht hin. Komm, wir trinken einen tüchtigen Schluck. Du könntest mir auch etwas auf meinem Positiv vorspielen. Du weißt doch, das hab ich manchmal so gern.«

Ziegler setzte sich an die kleine Orgel.

»Was, Christian?«

»Nun ja, meinetwegen ›O Lamm Gottes, unschuldig‹.«

Ziegler spielte, und als er schloß, hustete Grabbe lang. »Das verfluchte Schlackerwetter!« schimpfte er und holte das Volksbuch vom Tyll Ulenspiegel.

»Das ist niederdeutscher Bauernwitz!« rief er. »Das ist ein genialer Spaßvogel! Sieh mal da auf den Wandbrettern nach, ich habe schon ein paar kleine Szenen geschrieben.«

Ziegler fand sie nicht.

»Herre Jesus! Herre Jesus! Du findest sie nicht? Das bringt mich noch um«, schimpfte Grabbe. »Da sind auch noch vier, fünf andere Manuskripte, um Gottes willen, laß sie zusammengebunden. Nä, nä, ich kann's nicht sehen, es bringt mich außer Fassung. Aber den Aufsatz über Schillers und Goethes Briefwechsel mußt du mal ganz lesen. Ich habe nur einen Teil drucken lassen, mehr würde mir schaden. Es gibt heute zuviele einflußreiche Goetheaner. Was hat dieser ungeheuer eitle Kerl uns geschadet! Ich meine, uns Deutschen. Er hat sich mit seinem olympischen Buckel vor die deutsche Entwicklung zur Wirklichkeit gestellt. Goethe hat die Sprache, nicht die Welt, diese grausige Wirklichkeit gekannt. Er hat gar nicht den Riß dazwischen gesehen«, habe ihn nicht sehen wollen, und deshalb seien die Gebildeten unter den Deutschen fast alle wirklichkeitsblind. »Schon Schiller mußte sich in sich selbst zurückziehen und mit Idealen begnügen!«

Grabbe fing sprunghaft von den Außenständen an, die ihm noch aus der Zeit als Auditeur zukommen müßten. Doch als Ziegler ihm sagte, die Depositenkasse des Militärgerichts zahle keinen Taler über die Summe hinaus, die schon Grabbes Mutter bekommen habe; es lägen sogar noch Forderungen über 130 Taler gegen ihn vor, seine Listen seien ein wenig konfus, schüttelte er aufgebracht die Faust.

»Was? Diese Juden! Nä, die verklage ich auf der Stelle. Aber es ist auch einerlei. Alles nur Kleckerkram. Nur, ich habe nichts, meine Frau hat alles. Dabei leben wir doch in Gütergemeinschaft.«

Ziegler versprach, dafür zu sorgen, daß er etwas Geld bekäme, und wollte wieder gehen.

»Ach, du besuchst mich auch nur, weil du ein Buch über mich schreiben willst«, sagte Grabbe und fletschte die Zähne. Er nahm Zieglers Hand. »Schreib auch, daß ich nicht zwei Seelen in der Brust hatte wie dieser Goethe! Wie kaufmännisch, wie akkurat. Überhaupt: er wird der Knigge der deutschen Literatur, sag ich dir. Nä, ich habe fünf Seelen, aber im Kopf, und die machen mir wahrhaft zu schaffen. Vergiß nicht, zu meiner Mutter zu gehen und sie über meine Krankheit zu beruhigen, Karl! Sag ihr, sie soll nur tüchtig Tee trinken mit Rum bei diesem Schlackerwetter. Ich wollt's bezahlen, hörst du? Nur tüchtig Rum!«

Grabbe schwieg und lächelte still vor sich hin, betrachtete seine dürren Finger und bewegte sie langsam.

Ziegler versprach, die Bestellungen auszuführen, und ging weg.

Nach einer Weile horchte Grabbe auf und schlich

Ziegler lautlos nach. Er fand ihn an der Tür zum Hof, wie er Sophie im Arm hielt. Sie fuhren auseinander, und das Mädchen lief die Treppe hinauf.

Grabbe sprach kein Wort, nahm aber Ziegler an der Hand und führte ihn auf den Hof. Hier hielt Grabbe in einem Holzställchen eine Eule, an der er sehr hing. Er nahm sie aus ihrem Bauer, fütterte sie mit rohem Fleisch, das er ihr in den Hals stopfte, und sagte: »Sieh mal, was der Satan für Augen macht – gerade wie meine Frau.«

Eine Ente watschelte über den Hof. »Guck da!« rief Grabbe, »der Vogel geht genauso wie Luzie. Die ganze Welt kommt mir überhaupt immer mehr vor wie meine Frau.«

Er packte die Ente und sperrte sie zu der Eule in den Käfig. Es gab Geschnatter, Fauchen, und die Federn flogen.

Grabbe sagte nur: »Soviel über die Ehe, Ziegler.«

In den folgenden Tagen las er manchmal in seinen *Dramatischen Dichtungen*. Mitunter lachte er unvermittelt auf, trank Bier, marschierte ein paar Schritte, stellte sich in Positur und rezitierte mit falscher, überhitzter Stimme Szenen aus *Napoleon*, dem *Hannibal* und aus seinem Lustspiel *Scherz, Satire, Ironie und tiefere Bedeutung*.

Sophie, die ihm servierte und das Essen fast immer wieder unangerührt abtrug, applaudierte. Grabbe starrte sie an, seine Gedanken kamen aus einer anderen Ecke der Welt. Plötzlich griff er Sophie zwischen die Beine. Sie flammte auf und wurde rot vor Zorn und Kränkung.

»Herr Auditeur«, sagte sie heftig. »Sie haben mir in mein Nest und in meine Ehre gegriffen! Die Schande ist bei Ihnen. Ich werde es Ziegler melden.«

Grabbe kam zu sich und sagte steif: »Ein schöner Ehrenpunkt der Frauenzimmer, der einen halben Zoll vorm Arschloch liegt.«

»Sie ekeln und Sie dauern mich«, sagte Sophie und nahm das Eßgeschirr.

»Du bedauerst den Falschen!« rief er. »Das war nicht von Grabbe, das hat der blitzgescheite, bucklige Lichtenberg in Göttingen mal gesagt; aber den kennst du ja auch nicht.« Er kam näher und bat herzlich: »Sei mir nicht gram, Sophie, es war doch nicht im Ernst.«

Sophie ging rasch hinaus, und Grabbe zog die Fenstervorhänge zu, setzte sich an seinen Schreibtisch, steckte eine Kerze an und kaute an der Feder. Er sah wieder in sein Lustspiel und dann auf den Fenstervorhang. Grabbe rutschte in sich zusammen, klatschte in die Hände und rief: »Auftritt Teufel! Los, Satanas, besuche hier diesen Rattengift, der zwischen Spiegel und Fenster hin- und herläuft, Kaffee schlürft und dichten will! Avanti, gib dem Verse-Hengst Feuer, Teufel!«

Der samtene Vorhang dehnte sich vor Grabbe aus, färbte sich rot und rauschte über einer Bühne hoch. DER TEUFEL trat ein und sagte sanft:

Bon jour, Herr Rattengift! Der arme Poet RATTENGIFT fuhr herum, und als er den Gruß erwidern wollte, sah er den bloßen Pferdefuß. Allmächtiger, der Teufel! kreischte er. Er versuchte, am Teufel vorbeizufliehen und die Tür zu erreichen. DER TEUFEL stampfte mit seinem Pferdefuß wütend die Erde und raunte Rattengift zu: Entsetzen Sie sich nicht, ich habe Ihre Gedichte gelesen! RATTENGIFT kehrte auf der Stelle geschmeidig zurück. Haben Sie? Haben Sie? – Ja, und sie haben mir außerordentlich gefallen. RATTENGIFT näherte sich dem Teufel ganz zutraulich. Oh! sagte er. Sie erteilen mir ein Lob, welches ich kaum – Sie dichten selbst? DER TEUFEL sagte: Ich –, aber RATTENGIFT ließ ihn gar nicht zu Worte kommen. Sie müssen dichten! Gerade Sie werden herrliche Gedichte machen! DER TEUFEL murmelte beiseite: Bloß weil ich seine Verschen gelobt habe! RATTENGIFT schlängelte sich an den Teufel heran und rief: Nur bitte ich Sie, einen anderen Namen als den Ihrigen unter Ihre Poesien zu schreiben. Wie sich zum Beispiel jemand, dem es sehr winklig und düster im Kopfe ist, einen hellen Kopf nennen könnte, so können Sie sich ja Engel oder Himmel oder Tugend titulieren! DER TEUFEL sagte trocken: Sie geben mir einen befolgenswerten Rat, Herr Rattengift! – Übrigens habe ich schon mehrere Werke ans Licht gestellt, wie erst kürzlich die Französische Revolution, ein Trauerspiel in vierzehn Jahren, mit einem Prolog von Ludwig dem XV. Das Stück ist aber außerordentlich schlecht aufgenommen worden, besonders, weil es die Kritiker sofort guillotinierte. Auch kann ich es, ohngeachtet mancher Freunde, die im Stillen weiter daran arbeiten, weder in Preußen, Österreich, noch England zum zweiten Male auf die Bühne bringen. Die Zensur ist zu strenge. Jedoch habe ich die Hoffnung, daß man es in Spanien mit einigen unbedeutenden Varianten wieder aufführen wird.

Grabbe rieb sich die Hände, feixte und steckte sich eine Zigarre an.

RATTENGIFT massierte ernstlich beeindruckt seine Nase. Ihre Werke, sagte er anerkennend, die ich, wie ich nun sehe, ja schon seit langem kenne, ohne zu wissen, daß sie von Ihnen sind, haben unleugbar etwas Gigantisches, Herr Teufel! Aber die Unwahrscheinlichkeiten, diese Freiheiten, die Sie sich mit Zeit und Ort herausnehmen! Auch möchten die Ansichten von der Welt, welche sich darin zeigen... Wissen Sie überhaupt, was die Welt ist? fragte ihn DER TEUFEL schneidend. RATTENGIFT verdrehte die Augen zum Himmel. Welche Frage? Die Welt ist der Inbegriff alles Existierenden, vom kleinsten Würmchen bis zu dem ungeheuersten Sonnensystem. DER TEUFEL meckerte knapp und sagte dann trocken: So will ich Ihnen denn sagen, daß dieser Inbegriff des Alls, den Sie mit dem Namen Welt beehren, weiter nichts ist als ein mittelmäßiges Lustspiel, welches ein unbärtiger, gelbschnabeliger Engel, der in der ordentlichen, dem Menschen unbegreiflichen Welt lebt und, wenn ich nicht irre, noch in Prima sitzt, während seiner

Schulferien zusammengeschmiert hat. – Herr, ich werde verrückt! flüsterte RATTENGIFT. Ist die Welt ein Lustspiel, was ist dann die Hölle, die doch ebenfalls in der Welt ist? DER TEUFEL verzog das Gesicht und antwortete mit heller, sanfter Stimme: Die Hölle ist die ironische Partie des Stücks und dem Primaner, wie das so zu gehen pflegt, besser geraten als der Himmel.

Grabbe blies Rauchwolken aus, klatschte lange und rief: »Bravo! Bravo! Mensch, Teufel, Sie sind ja ebenso greulich und wahrhaftig wie der schiefe Grabbe aus Detmold an der Werre. Nicht unübel, gar nicht unübel.«

Luise kam aus der Stadt herein, schüttelte den Kopf und fragte: »Was machst denn du – sitzt hinter dem geschlossenen Vorhang am Fenster?«

»Ich spiele Theater«, gab Grabbe zur Antwort.

»Du trinkst wieder, und der Qualm hier ist pestilenzialisch!«

»Pestilenzialisch – du bist ja doch eine gebildete Frau.«

Luise zog den Vorhang auf und blies die Kerze aus.

»Die Gesellschaft war angenehm«, sagte sie. »Alles Damen von Stand – und meine Verse zum Geburtstag der Frau Hofgerichtsadvokat haben gefallen!«

»Davon war ich überzeugt«, knurrte Grabbe. »Wenn sie ihnen nicht gefielen, hätte ich mich mein Leben lang in diesen Kunsthuren und ihren Aktenhengsten getäuscht: sie wären gar nicht geistlos wie Goldfische und raubgierig wie Haie.«

Luise kicherte und fragte: »Warum mußt du immer zynisch sein, Dietrich?«

»Zynisch? Ich bin nicht zynisch. Zynisch ist diese Gesellschaft. Ich knöpfe ihr nur die Hemden auf, nehme ihr die Perücke ab – und das mag sie gar nicht gern.«

»Es war auch eine Baronin aus München da«, sagte Luise. »Très charmante! Du weißt, ich habe eine Vorliebe für die Süddeutschen – sie lassen mehr Bildung spüren, mehr Kultur.«

»Ja«, sagte Grabbe, »weil deine Familie aus Regensburg stammt. Trag es mir einmal vor, dein Gedicht!«

»Wahrhaftig? Gestern wolltest du nicht.«

»Gestern war mein Hirn verstopft.«

Luise stand auf, lehnte sich an die Kommode und rezitierte: »Von Geld und Gut ein groß Vermögen, / Begleitet mit des Himmels Segen, / Dazu auch manchen treuen Freund, / Der's so, wie ich, aufrichtig meint / Und dann gesunde Lebenssäfte, / Gedeihn in jeglichem Geschäfte –«

Grabbe verschluckte sich am Rauch seiner Zigarre, platzte heraus und sagte: »Luzie, du bist doch eine kultivierte Frau! Ich bewundere dich kolossal – aus der Ferne.«

Luise zog einen schiefen Mund.

»Du bist widerborstig!« sagte sie und zupfte ihn am Ohr. Grabbe wischte ihre Hand weg. »Garstig, Dietrich! Rauh wie Esau –«

»Da hast du ja schon wieder gedichtet!« sagte Grabbe.

»Ach, ihr Westfalen seid versteinerte Menschen! Keine Empfindsamkeit, keine Seele –«

»Nä, nä«, sagte Grabbe, »so dumm sind wir nicht, daß wir auch noch eine Seele hätten – die hast nur du.«

Luise schnitt ihm ein Gesicht und setzte sich zu ihm.

»Die Gesellschaft hat dich ernstlich gelobt, Dietrich, deinen *Don Juan und Faust*!«

»O Gott, o Gott!« sagte Grabbe. »Ich muß ihn ändern. Am schlimmsten sind die Analphabeten, die lesen und schreiben können.«

Luise lachte, nahm ihn wieder am Ohr und flüsterte: »Wir sind doch in vielem einig, Dietrich –«

»Du hast Likör getrunken«, sagte Grabbe, »daher die Versöhnung.«

»Nein, im Ernst, Dietrich, ich will dir doch eine gute Frau sein, aber du – ich bin so erzogen, finde es auch Gottes Wille und die rechte Ordnung, daß ein Ehemann der Ernährer und Beschützer sein soll! Der Mann –«

»Warum nicht die Frau?« fragte Grabbe.

Luise sprang auf, öffnete das Fenster, wedelte den Geruch von Bier und Zigarren hinaus, stellte Grabbes Bücher vom Tisch zurück ins Regal und sagte: »Mein Vater –«

»– war ein ehrenwerter Mann!« rief Grabbe und trank einen großen Schluck Bier.

»Ach, Grabbe, warum verschließt du dich immer, wenn ich mit dir reden will? Wir wollen doch wieder zusammenwachsen. Aber immer hast du Furcht, dir eine Blöße zu geben, sobald du dich nicht hinter deinen Rüpeleien versteckst. Du bist trotzig, halsstarrig, querköpfig –«

Grabbe nahm seine Soldatenmütze und setzte sie auf.

»Ich muß einen Spaziergang machen«, sagte er, »meine Verdauung ist so wenig vornehm. Ich mag zu gerne rohe Zwiebeln mit Steinhäger.«

Luise nahm ihm die grüne Mütze wieder ab.

»Nein, Dietrich, jetzt sprechen wir miteinander: deine Frau mit ihrem Mann!«

»Also gut, es ist so, ich gestehe alles. Ich habe kein Fischblut!« sagte Grabbe und nahm sein Bier. »Hast du schon gehört, daß sie in Paris ein neues Zündnadelgewehr erfunden haben – als Hinterlader?«

»Dietrich!«

»Ich muß mich wappnen«, murmelte Grabbe.

»Gegen wen?«

»Gegen dich, meinen hauseigenen Napoleon und seine Manöver.«

»Herrschsüchtig bist doch du!« rief Luise.

»Ich bin gut und lenksam«, sagte Grabbe treuherzig. »Frage die Sophie!«

»Ziegler hat sie verführt! Seitdem ist sie gegen mich.«

»Heute ist sie auf deiner Seite.«

»Warum heute?«

»Ach, es muß am Schlackerwetter liegen«, sagte Grabbe, »wir haben Westwind.«

Luise betrachtete Grabbe. »Deine Augen waren es zuerst, die mir gefallen haben, und deine Stirn. Ich wußte sofort, du bist ein Dichter.«

»Also gut, reden wir vom Geld«, sagte Grabbe. »Geldsachen sind nämlich im vollsten Ernst für mich furchtbar. Ich verstehe den Schacher nicht.«

Luise schloß das Fenster.

»Wie du willst!« rief sie. »Mein Hab und Gut ist –«

»Das schreibe ich dir auf deinen Grabstein: Mein Hab und Gut«, sagte Grabbe. »Ich überlebe dich nämlich, Luzie. Piderit hat es mir heute anvertraut: du hast die blühende Schwindsucht.«

»Mein Herrgott, das ist nicht wahr«, flüsterte Luise entsetzt.

»Doch, aber nimm es nicht so schwer. Zwei Jahre sollen dir ja noch bleiben. Wahrscheinlich«, sagte Grabbe todernst. »Nur schade, daß du hinter meinem Rücken schon dreihundert Taler in die Witwenkasse eingezahlt hast. Doch ich will dir verzeihen.«

Luise preßte die Faust auf den Mund und fing an zu schluchzen. »Dich haben sie doch nicht in die Lebensversicherung aufnehmen wollen«, stammelte sie, »weil Hof-Rat Piderit nicht verschwiegen hat, daß du ein Trinker bist! Mein Vater hat nie getrunken.«

»Nä«, sagte Grabbe. »In der Nacht, als er dich

gezeugt hat – oder war's Sonntagnachmittag nach dem Schweinebraten, der ihn drückte –, da muß er wohl in Gedanken Taler gezählt haben.«

»Pfui! Pfui!« sagte Luise mit aller Verachtung. »Wo deine Kinderstube stand, das kannst du nicht verleugnen, Grabbe, nie im Leben.«

»Nä«, antwortete Grabbe nach einiger Zeit. »Also: dein Hab und Gut! Aber wir leben in Gütergemeinschaft.«

»Ich werde sie aufheben lassen!« schrie Luise. »Ich werde dir den Prozeß machen lassen: Ich will wegen deines Lebenswandels Ausschließung der Gütergemeinschaft oder die Verwaltung des Gemeingutes! Du fällst mir sonst zur Last, Grabbe – heute oder später.«

Grabbe erhob sich und stampfte mit gesenktem Kopf rasch zwischen den vier engen Wänden auf und ab.

»Das wirst du nicht tun, Luzie! Ich habe ein Recht auf unser gemeinsames Vermögen. In meinem Hause –«

»Wer hat das Haus mit in die Ehe gebracht, du vielleicht? Deine Mutter besitzt nicht einmal das Schwarze –«

»Wir beide sollten nicht mehr über meine Mutter reden, Luzie«, sagte Grabbe kalt.

»Du warst ein armer Teufel!«

»Ja, stimmt, Luzie. Ich war ein armer, zerrütteter Teufel und suchte Häuslichkeit – wenn's schon keine Liebe sein konnte.«

»Ich – ich habe dich aus Mitleid geheiratet.«

»Mitleid? Den Charakterzug habe ich noch gar nicht an dir bemerkt«, höhnte Grabbe. Er steckte sich eine Zigarre an.

»Ich hätte jährlich einhundert Taler Pension von meinem Vater her bekommen«, rief Luise, »wenn ich nicht geheiratet hätte! Dich, der nichts hinzuverdient, nur vergeudet.«

Grabbe blies ihr den Rauch seiner Zigarre ins Gesicht, wenn er an ihr vorbeikam, und lächelte.

Luise sagte: »Weißt du, warum du mich so haßt, Grabbe?«

»Ich hasse dich nicht, Luzie. Du bist mein ganzes Hab und Gut.«

»Du haßt mich, weil ich dich erkannt habe, Grabbe! Alle hast du getäuscht: mit deinen wüsten Reden, mit deinen phantastischen Masken, deiner Unflätigkeit. Auch deine falschen Freunde, selbst Ziegler, Petri. Aber ich, ich habe dich erkannt, Grabbe – und das vergibst du mir nicht, daß du jeden Tag jemanden sehen mußt, den du nicht mehr in die Irre führen kannst. Vor dem du dich nicht mehr verstecken kannst – so wenig wie Adam im Paradies.«

»Du bist wirklich gebildet, Luzie, und ich bin das Übervieh«, sagte Grabbe grinsend. »Es stimmt alles.«

»Nein, du bist feige, hinterlistig, Grabbe, voller Geniedünkel und Selbstmitleid – und du hast Angst, daß einer sieht, wie linkisch du bist, unbeholfen. Du hast ja gar keine Erziehung, keine Kultur –«

»Bizarr«, sagte Grabbe scheinbar ruhig. »Außerordentlich bizarr.« Dann riß er die Tür auf und brüllte: »Hinaus, hinaus!«

Luise lachte und ging langsam die Treppe hinauf. Grabbe sah ihr nach und nagte an seiner Oberlippe.

»Morden sollte man dich«, sagte er dumpf hinter ihr her. »Aber es lohnt nicht mehr. In zwei Jahren bist du ja doch nur madiges Aas. Dann können wir die Gütergemeinschaft gerne aufgeben. Schlaf wohl, Luzie!«

Er blieb im Flur stehen, bis sie in ihrer Guten Stube verschwunden war, und murmelte: »Hast du zur Nacht gebetet, Desdemona? Ach, dein Cassio heißt nur Geld.«

Er ging an seinen Tisch, las weiter in seinem Lustspiel und sagte: »Es geht mit dem Teufel zu.«

In der Nacht schlich er mit gezogenem Degen durch das Treppenhaus in die Schlafstube, ans Bett seiner Frau, und stieß die Klinge mehrmals in die Federn. Luise erwachte und schrie in Todesangst. Grabbe schüttete sich aus vor Lachen.

»Was für göttliche Zitzen!« sagte er und saugte an Luises Brust.

»Du bist ja wieder betrunken«, flüsterte Luise und strich über seinen mageren Nacken.

Grabbes Gesicht verschloß sich. Er ging erschöpft, niedergeschlagen zur Tür, drehte sich um und fragte leise: »Luzie, warum ist das alles so zwischen uns gekommen?«

Luise drückte ihr Gesicht ins Kopfkissen und weinte.

»Die Geldsucht und die gelehrte Dummheit«, murmelte Grabbe; dann sagte er: »Mein Gemüt ist manchmal ein unruhiger Hund, Luzie, dann muß ich ihm ein Stück Fleisch vorwerfen. Aber ich will mich ändern, wenn wir nur erst hier weg sind. Von diesem Ort, aus dieser Zeit.«

Luise wimmerte. Er kam zu ihr, und sie klammerten sich aneinander.

»Wir zwei –« sagte Grabbe. »Behandele mich doch wie ein Kind, damit ich mich bessern kann.«

»Es ist zu spät«, sagte Luise.

Grabbe schwieg und berührte sacht ihr Haar.

»Ja«, antwortete er, »es ist für alles zu spät heutzutage – oder zu früh. Gute Nacht, Luzie!«

Er ging.

Im Hof blieb er stehen und sah zum Himmel; der war voll zitternder Sterne. Dünner Wolkenrauch trieb vor dem rötlichen Mond. Die Luft fiel kühl ins Tal der Werre. Grabbe sog sie tief ein und roch das Farnkraut, das Herbstlaub, die regennasse Erde des Lippischen Waldes. Hinter ihm, in dem hölzernen Käfig, regte sich unruhig die Eule. »Satan!« sagte Grabbe. »Der Vogel der Athene sitzt heutzutage im Käfig – wie mein Generalsuperintendent Teufel! Aber du gibst kein Pfötchen! Du nicht – und Grabbe nicht. Ek will platt met dui kürn, Duiwel: Et olls dumm Tuig up de Eern, olls? Du schweigst, Philosophe, und glotzt! Na, dann will ich meiner lieben, geizatmenden Ehefrau eine Arie von Mozart singen, der war ja doch größer als alle.«

Er ging unter Luises Fenster, hielt den Degen wie eine Gitarre vor die Brust und sang aus dem *Don Giovanni*:

»Là ci darem la mano,
la mi dirai di sì.
Vedi, non è lontano:
Partiam, ben mio, da qui.«

Seine Stimme wuchs, kräftigte sich, schmetterte. In der Nachbarschaft wurden Fensterläden geöffnet. Ein Mann schimpfte, seine Frau rief nach dem Nachtwächter.

Sophie kam in langem Hemd auf bloßen Füßen und führte Grabbe ins Haus. Sein Gesicht war von Tränen naß.

Als Ziegler am Nachmittag an die Tür des Arbeitszimmers klopfte, erhielt er keine Antwort. Er klopfte wieder und wieder, da hörte er entfernt ein mattes: »Wer ist da?«

Ziegler trat ins Arbeitszimmer, fand es leer und außer Ordnung. Die Gardinen waren von den Fenstern genommen, Tisch und Stühle verhängt. »Wer ist da?« hörte er wieder die schwache Stimme und fand Grabbe in seiner Schlafkammer mit vielen Kissen, Decken, Plumeaux zu Bett.

Ziegler erschrak, und Grabbe sah es.

»Nä, nä«, sagte er, »den Gefallen tu ich euch nicht. Grabbe is nur sauer.«

Ziegler betrachtete das aufgedunsene Gesicht, die weiten Augen und den schlaffen Mund.

»Soll ich nicht doch Hof-Rat Piderit holen?«

»Nä, nä. Mein Bart juckt. Hol mir lieber den Raseur Schmerz. Es ist der einzige Schmerz, der mich schöner macht.«

»Hast du Lust auf Eierpfannkuchen mit Bier?« fragte Ziegler. »Das hast du doch immer so gern gemocht.«

»Nä, nä.«

»Oder auf Speck mit einem großen Glas Rum?«

»Suchst du noch ein paar Charakterstriche für dein Buch über mich?« fragte Grabbe und grinste. Er stemmte sich auf den abgemagerten Armen hoch. »Sie stellen mir das Fressen hin wie einem staupigen und bissigen Hund!«

»Auch Sophie?« fragte Ziegler.

»Die auch, seit vorgestern. Ich muß sie wohl gekränkt haben. Sie hat keinen Humor. Zwischen den Beinen jedenfalls nicht. Das ist so schade bei den meisten Menschen. Sie nehmen's tragisch, wo gar keine Tragödien sind – und wo Tragödien sind, da sehen sie's nicht.«

Ziegler zog die Vorhänge in der Kammer zurück und öffnete einen Fensterflügel.

»Soll ich dir etwas zum Lesen bringen, Christian?«

»Ich lese immer noch im *Tyll Ulenspiegel*, das ist ein Buch! Der Aristophanes, der Eulenspiegel, der Shakespeare, der Byron und – ja, der Goethe. In seinen Gedichten ist der Kerl ja doch originell!«

Grabbe legte sich wieder ins Kissen. Er war grau im Gesicht; die dünnen fahlen Haare klebten auf seiner Stirne. Ziegler setzte sich zu ihm ans Bett.

»‚Selig sind, die da blind sind und zu sehen wähnen, aber unselig sind die Sehenden, welche bemerken, daß Blinde nichts erblicken und dennoch handeln, als sähen sie.‘ Weißt du noch, wo das bei mir steht?«

»In deinem *Napoleon*. Christian, ich hole dir jetzt doch den Hof-Rat Piderit, er wird dir was Kräftigendes aufschreiben.«

Grabbe schüttelte unwillig den Kopf.

»Schreibe auch in deinem Buch, daß ich so gern gefurzt habe«, sagte er und bleckte die Zähne. »Das nimmt den Druck vom Herzen – mehr als alle Gedichte Heines. Dieser Narziß hockt zu oft vor seinem Tümpel.«

Ziegler versuchte zu lachen.

»Hole Petri!« sagte Grabbe dann fest. »Ich will die Rechnung schließen.« Er lächelte. »Auch Gottlieb soll zu mir kommen! Aber nicht der Doktor. Gute Doctores sind so rar wie gute Dichter. Die andern sind nur für die Verdauung da. – Wir könnten eigentlich mal ›Ça ira‹ zusammen singen.«

Er begann, und Ziegler fiel ein; doch in der dritten Strophe wußte Ziegler den Text nicht mehr. Grabbe winkte ab und starrte vor sich hin.

Petri kam mit Luise. Sie war im Reisemantel und sagte: »Ich fahre zu meinen Verwandten nach Süddeutschland. Er treibt es wieder zu arg. Jetzt legt er sich zu Bett – alles Verstellung und Wehleidigkeit.«

Grabbe schwieg, Petri erinnerte Luise an ihre Pflichten als Ehefrau. »Wir dürfen Grabbe nicht untergehen lassen«, sagte er.

»Bin ich rechtlich verpflichtet?« fragte Luise.

»Ja! Soll Grabbe unter fremden Händen –«

Luise ging zwischen den beiden Zimmern auf und ab und klagte, sie habe die dreiundeinhalb Jahre mit Grabbe immer ihre Pflicht getan, der Kanzlei-Rat Petri brauche ihr keine Predigt zu halten! Ihr Vater habe sie fürs ideale Leben erzogen –

»Grabbe ist jetzt miserabel krank«, sagte Ziegler dazwischen.

»Grabbe ist jetzt miserabel krank«, ahmte Luise ihn nach. »Ich, ich bin hier das Marterlamm! Was hat er mir alles angetan die dreiundeinhalb Jahre, was hat die halbverrückte Diebin mir da ins Haus geschickt! Grabbe war's doch, der mich in das Gedränge der niedrigen Menschen geführt!«

»Frau Auditeurin –«, begann Petri wieder.

Grabbe ließ seine Augen zwischen Luise und Petri hin- und hergehen. Ihm entging nichts.

»Nein«, fuhr Luise fort, »ich fahre nach Mannheim zu meinen Verwandten! Grabbe hat ja genug Freunde hier – Freunde, die ihn zu Grunde gerichtet haben im Wirtshaus. Jetzt sollen sie ihm auch wieder auf die Beine helfen. Die Alte aber kommt nicht ins Haus, ich werde es Sophie anbefehlen. Hier sind Menschen von Stand und Würde zu Gast gewesen: Gelehrte, Honoratioren, Adlige – bevor ich in die plebejischen Regionen des Lebens gestoßen wurde.«

Petri sagte, daß er Grabbes Mutter zu ihrem Sohn bringen werde – wenn es sein müsse, auch mit polizeilicher Gewalt.

»Ach, Herr Kanzlei-Rat Petri!« rief Luise. »Ich wußte immer, daß Sie mein Feind sind – und eine rohe Natur, wie Ihr Freund Grabbe Sie tituliert hat! Aber nun wollen wir doch sehen, wo das Recht und der Anstand liegen. Auch ich kenne mich aus in den Gesetzen und bin nicht ganz ohne Beistand am Hofe. Diese sinnliche, bösartige Kreatur aber wird nie, niemals – sie steht auf der untersten Stufe menschlicher Kultur.«

»Schmeiß dieses Mensch hinaus«, sagte Grabbe. »Mein Zimmer kommt mir vor wie voller Katzenpisse.« Er kehrte sich zur Wand.

Luise trat an sein Bett, hielt den Atem an, lachte leise und sagte rasch: »Ich habe die Scheidung eingereicht, Dietrich!« Sie zählte an den Fingern auf: »Du hast mein Vermögen vergeudet. Du hast mich in deiner Trunksucht lebensgefährlich bedroht. Unser Haß ist unauslöschlich. Der

Scheidungstermin ist auf den 16. September anberaumt.«

Grabbe drehte sich um und sah sie lange an; sein Kinn zitterte.

»Luzie, behalt mich!« sagte er. »Männer sind rar in diesen blutigen Zeiten.«

Luise lief wieder zwischen den Zimmern hin und her und jammerte, Grabbe habe sie mit geladenen Pistolen verfolgt, mit seinem Degen in ihr Bett gestochen.

Grabbe grinste.

Er habe auch versucht, sie zu erwürgen, sie erst vor Wochen im Wirtshaus versteigern wollen, unter ordinärsten Redensarten! Sie sei auch einmal schwanger gewesen; aber Grabbe habe so gebrüllt, daß ihr Kind nicht zur Welt kommen wollte –

»Das dichtet sie«, sagte Grabbe, »aber wie immer unwahr. Sie war so wenig schwanger wie meine Ente.«

»Schreiben Sie das auf, Herr Advokat Ziegler!« rief Luise. »Ich werde Sie als Zeugen benennen bei der Scheidung. Sie und auch den Herrn Kanzlei-Rat Petri.«

»Luzie, was machst du?« rief Grabbe jämmerlich. »Sei doch nicht toll! Tu nichts Unbesonnenes, Luzie! Mach dich, mich nicht unglücklich. De Duiwel woar lause, ek kann' er nicht vör. Wir sind doch als Eheleute fürs Leben verbunden. Du sollst mich begleiten bis ins Grab«, sagte er, alles mit flacher, schleppender Stimme.

Ziegler bat: »Lassen Sie Grabbe nicht im Stich in seinen schwersten Stunden.«

Luise fuhr herum. »Ich weiß, was ich mir schuldig bin! Comme il faut! Ich werde ihn nicht fallenlassen«, beteuerte sie – und dergleichen mehr.

Petri und Ziegler gingen, und Luise setzte sich an Grabbes Bett, nahm seine Hand. Grabbe streichelte darüber. »Kitzle die Uhr«, sagte er nach einiger Zeit. »Es ist so langweilig hier.«

»Soll ich dir aus dem *Nathan* vortragen?« fragte Luise. »Ich kann ihn ja fast auswendig: ‚Vor grauen Jahren lebt' ein Mann im Osten' –«

»Na wenn schon«, sagte Grabbe.

Luise schüttelte den Kopf und rezitierte: »‚Es ist Arznei, nicht Gift, was ich dir reiche' –«

»Nä, nä«, sagte Grabbe, »aber eine Flasche Einbecker Bier, die möchte ich wohl.«

Luise stand auf.

»Was du wieder redest, Grabbe! Sophie wird dir ein Glas bringen.«

Aus der Nachbarschaft ließ er den alten Stedtfeld kommen, einen Schneider, der lange in Paris gewesen war, in den Tagen der Großen Revolution.

Grabbe rief ihn nahe an sein Bett, gab ihm Bier zu trinken und sagte: »Erzählt mir eine Geschichte, Stedtfeld! Ich bin hohl und kalt, in mir hagelt und blitzt nichts mehr.«

Stedtfeld nahm den Bierkrug in die Hand,

schlurfte durch die stickige, halbdunkle Schlafkammer und fuchtelte aufgeregt mit der linken Hand. Er trug Filzpantoffeln, und wenn er vor eine Wand kam, schleuderte er einen von sich, zog ihn wieder an und marschierte weiter.

»Parole d'honneur!« rief er nach jedem Satz. »Ich war dabei in der Revolution. Herrgott, das waren Tage. Parole d'honneur!«

Er trank sein Bier, schleuderte einen Pantoffel von sich, schlüpfte wieder hinein und stieß drei Schreie aus: »Liberté! Egalité! Fraternité!«

Grabbe öffnete die nächste Bierflasche und steckte sich mit einem Bogen Papier seine Tonpfeife an.

»Ich war dabei, als die Menschen Brüder wurden und Arm in Arm, bras dessus bras dessous, über die großen Boulevards zogen! In die Zukunft! Parole d'honneur!«

Grabbe lachte so, daß der lange Schneidermeister ihn entsetzt anstarrte.

»Die Menschen Brüder – flaues Geschwätz«, knurrte Grabbe und trank. »Wie stand's mit den Huren, wurden sie preiswerter durch die Revolution? Teurer? Haben sie besser geliebt oder wurden sie eingesperrt?«

Stedtfeld antwortete, er als Pietist und Revolutionär sei nicht zu den Huren gelaufen.

»So kann man die Weltgeschichte nicht begreifen«, sagte Grabbe. »Noch nach jeder Revolution ist es wichtig gewesen, was mit den Huren geschah.« Daran sei viel zu erkennen.

»Aber ich habe Napoleon gesehen!« rief Stedtfeld, und seine Stimme krähte vor Enthusiasmus. »Ich habe ihn Schlittschuh laufen sehen, da war er noch Leutnant! Er ging früher als die anderen weg – und fünf Minuten danach brach das Eis. Alle ertranken – nur er, Napoleon, nicht! Das war Schicksal! Parole d'honneur! Stellen Sie sich vor, Herr Auditeur, Napoleon wäre weiter Schlittschuh gelaufen, die Weltgeschichte –«

»Ja, ich habe die Anekdote gelesen«, sagte Grabbe. Nicht Napoleon, die Revolution sei der wahre Geist der Geschichte gewesen, Napoleon nur die Fahne am Mast! »Aber es ist ja auch einerlei, Stedtfeld. Jetzt trinken wir in Detmold Bier, du erzählst von deinen großen Tagen in Paris, und mir dorrt das Rückenmark aus.«

»Aber Herr Auditeur, Sie sind vierunddreißig – ein Menschenleben jünger als ich! In ein paar Wochen, wenn die Herbstäpfel erst reif sind, werden Sie –«

»Können Sie auch französisch singen, Stedtfeld?«

»Freilich, aber freilich, Herr Auditeur! Ich war doch dabei, vierzehn Jahre war ich in Paris, als Schneider und Mensch. Ich habe das Morgenrot der humanité erlebt!«

»Olls dumm Tuig, Stedtfeld! Die Feudalisten, die Pfaffen und der Bourgeois haben überlebt und prächtig verdient an der Revolution. Nun fressen sie wieder und freuen sich des Lebens. Geldverdienen, Fressen, Saufen und ›Sich freuen‹, das ist bei uns doch ein und dasselbe.«

Der Schneider setzte sich und seufzte.

Grabbe trank und fing an, das Lied vom Prinzen Eugen zu singen, aber seine Stimme drang nur dünn aus der Kehle, und er sagte ärgerlich: »Also singen Sie schon, Stedtfeld!«

»Das alte Lied vom Prinzen Eugenius, dem edlen Ritter?«

»Nein, das ist nichts für Schneider.«

»O doch, Schwert und Nadel, Herr Auditeur! Parole d'honneur –« rief Stedtfeld, sang ernsthaft und soldatenselig das Lied vom Prinzen Eugen und ahmte dazwischen die Trommeln und Trompeten nach.

»Konvulsivischer Wurm!« plärrte Grabbe. »Sing was Französisches, da ist mehr Rum drin.«

»La Marmotte?«

»Nein! Herrgottverfluchtsakrament, ich will nichts mehr hören von diesem schwachhirnigen Murmeltier!«

Stedtfeld blickte betrübt auf Grabbes Bettdecke. Aber dann strahlte er wieder auf und sang mit erregter, zittriger Stimme ›Marchons ça ira‹.

Grabbe brummte mit, brach ab und starrte gegen die Zimmerdecke.

Sophie trat herein und sagte, die Frau Auditeurin wünsche den Meister zu sehen, er solle ihr Maß nehmen. Stedtfeld hörte sofort auf zu singen, wischte sich den Schaum aus dem Schnurrbart und sprang zur Tür.

»Schwarz kleidet sie nicht«, sagte Grabbe hinter ihm her und drehte sich zur Wand.

Gegen Abend, in der Septemberdämmerung, kam endlich Gottlieb. Er hatte sich herschleichen müssen.

Der Junge saß am Bett des Kranken, knöpfte seine Jacke auf und zu, zog an seinen Fingergelenken, daß sie knackten. Er fand keine Worte. Auch Grabbe schwieg und malte mit dem Finger Kanonen an die Wand. Manchmal schlief er kurz ein, schrak auf und murmelte: »Ich übe mich im Sterben.« Er trank einen Schluck Bier und sagte: »Gäb's nur Krieg! Er wäre meine einzige Rettung. Ich würde sofort gesund. Der Frieden macht auf die Länge alles flau.«

Gottlieb rückte unruhig auf dem Stuhl hin und her und sagte: »Wir wollen auch Soldaten werden, ich und Georg Weerth; oder Seefahrer, Forscher – oder Volkstribunen und Demokraten.«

»Ja, macht euren Tigersprung!« sagte Grabbe. »Das Leben hat nur dreimal Gutes: seinen Frühling, erste Liebe und den Krieg. Die einzigen Erfrischungen. Was danach kommt, sind nur Schacher, Sentimentalitäten, Geschwätz und Schweinekram.«

Gottlieb lachte albern und sagte, in der Stadt erzähle man sich, Grabbe sei der außereheliche Sohn eines Fürsten.

Grabbe schlug mit der Faust gegen die Wand. »Sie wollen auch noch meiner Mutter, meinem Vater Schande antun. Kanaillen! Aber ein Fürstensohn hätte ich schon sein können – der Sohn des Prinzen Louis Ferdinand von Preußen. Was wohl dann aus mir geworden wäre? Etwas anderes, das sicherlich.«

Er schlief wieder für zwei Minuten, schlug die Augen auf und sah um sich, als wüßte er nicht recht, wo er sei. Als er Gottlieb erkannte, lächelte er und redete plötzlich fiebrig zerrissen auf den Jungen los.

»Tragödien vom Glanz und Elend der Hohenstaufen wollte ich... Dann *Marius und Sulla, Napoleon, Hannibal.* Ich wollte ... den tragischen Geist der Geschichte ... nicht klassisch, nicht romantisch – lebenswahr ... Gib mir mal da den Band vom Regal. Nein, den anderen!«

Grabbe blätterte, las sich fest, schlug eine gellende Lache an und rief: »Das System, es allein stirbt nicht! Der Bourgeois will Geld verdienen, seine Lust büßen und Ruhe... Die armen Leute haben nur ihr kleines Dasein, wie meine Fischersfrau in *Marius und Sulla* ... Und wenn sich die Mächtigen um sie kümmern... sie zu unterdrücken und auszunutzen. Alle Jahrhunderte aber kommt so ein Schwerenotskerl... der Alte Fritz oder Napoleon, ein Genie... stört das träge Herz der Völker, bringt die brüchige Weltordnung in Fluß... Das alte, ausgetrocknete Gesicht der Erde wird wieder frisch und jung... Blut schießt hinein. Aber sie stürzen, die Titanen, Kinder des Himmels mit der Erde... Sie fallen ... zu riesig sind für den kurzen Geist der Menschen. Die kleinen Leute können nur zur Seite springen... mitgerissen in den Tod werden sie doch. Nur die Krämer und die Beamten, sie leben so lange wie die Schildkröten... Ekelhaft.«

»Ich muß wohl bald gehen«, sagte Gottlieb verstört und verlegen.

Grabbe faßte nach seiner Hand und hielt sie krampfhaft fest: »Greif in die Zeit, Ziegler, wie auch ich es wollte!« sagte er hastig und sprach jetzt, fast ohne Atem zu holen, weiter. »Aus den Klumpen der sauren Gnade wollte ich Brot machen, aus den sentimentalen Illusionen für dumme Ohren wirkliches Theater.« Er trank sein Glas aus, bekam den Schluckauf und sagte: »Politik ist heute die Hauptsache, aber politisch bin ich auch. In Weimar haben sie nichts davon wissen wollen, mit ihren läppischen Liebesgeschichten und Seelenhändeln! Gut, der *Wallenstein* ist nicht flach, aber sonst? Und später – Börne, Heine, Gutzkow – das ganze Junge Deutschland, die hören ja nur die Eintagsfliegen summen. Alle erklären sie einen Menschensinn, das Gute in die Geschichte hinein. So oder so: klamüsert! Ich habe in meinem *Napoleon* die Geschichte mit Adlerblick, ohne Angst und ohne Wünsche, gezeigt, Karl, wie sie in Wirklichkeit ist. Nur Aristophanes und Shakespeare –«

»Aber ich bin doch Dietrich, der Gottlieb, Herr Auditeur«, sagte der Junge kopfscheu. Grabbe richtete sich auf und starrte ihn an.

»Ach so«, sagte er. »Ja, natürlich. Gib mir mal eine frische Flasche Bier aus dem Eimer drüben!«

Sophie kam und fragte, was Grabbe zu Abend essen wolle.

»Einen Menschen«, sagte Grabbe. »Also de facto nichts.«

Sophie schüttelte ihm die Kissen auf. »Herr Doktor Piderit hat gesagt, Sie verhungern noch.«

»Mir hat dieser Medikus gesagt, ich ertrinke!« rief Grabbe. »Doktorgeschwätz! Ich habe mich selten so frei gefühlt wie in den letzten Tagen, seit ich nicht mehr so viel widerliches Fleisch mit mir herumtrage. Hier!«

Grabbe zog die Nachttischschublade auf.

»Seht euch mal das magere Ding an, wie das sich hält.«

Er holte einen verdorrten Zeigefinger aus der Schublade. Sophie schrie auf, und auch Gottlieb schreckte zusammen.

»Nä, nä«, sagte Grabbe lachend, »davor braucht ihr nicht fortzulaufen. Das ist eine schöne lippische Geschichte, die muß ich euch erzählen. Bleibt nur hier, es wird euch Spaß machen! Also, in Detmold auf der Hauptwache saßen zwei Soldaten am Tisch und machten das, was alle Soldaten hier tun, seit der Krieg nicht mehr über den Teutoburger Wald steigt: sie gähnten und schütteten sich heimlich Schnaps hinter den Kragen. Sagt der erste Soldat, um eine Abwechslung zu bieten: ›Du kannst mui nigg mol dat Schwarte vann Finger hoggen.‹ Sagt der zweite Soldat: ›Wat? Hollt en mol hehr.‹ Der erste Soldat legt seinen rechten Zeigefinger auf den Tisch und sagt nur: ›Knick!‹ Der zweite Soldat zieht seinen Degen und fragt ganz ernst: ›Gelt't

’nen Schnaps?‹ – ›Jo, ’nen duggelten!‹ ruft der erste Soldat und glaubt zu scherzen. Der zweite Soldat haut zu – und der Finger ist ab. Fragt er: ›Knickst dui? Hebb ek nigg wunnen?‹ Der Wachkommandant kommt herein und nölt nur: ›No, dat mott ek seggen. Unweise Tuig, jui! Wor es deu Docter?‹«

Sophie zog sich langsam zur Tür zurück, und Gottlieb starrte den verdorrten Finger an.

»Schade!« sagte Grabbe. »Die Geschichte hat euch nicht gefallen. Dabei steckt so viel Politik und Poesie darin. Die Sache ist wahr! Den Auditeur Grabbe hat sie lange beschäftigt.«

Er legte den Zeigefinger wieder in die Schublade.

Als Sophie weggelaufen war und es auch Gottlieb unaufhaltsam fortzog, wühlte sich Grabbe aus seinem Bettzeug und sagte ernst: »Aber wenn du groß bist, Gottlieb, als Soldat oder Seefahrer oder Volkstribun oder Kesselflicker nach Detmold kommst – vergiß nicht, zu meiner Mutter zu gehen und ihr einen Taler zu bringen. Sie soll immer Tee haben im Leben – und Rum!«

Gottlieb mußte es versprechen und auch, daß er bald wiederkommen wolle für eine Spazierfahrt mit dem Hauderer nach Hiddesen, zu den Externsteinen oder nach Meinberg.

»Ja, den Lippischen Wald, den möchte ich schon noch mal schnuppern. Nichts geht in unserem Lande über die schöne Beleuchtung eines reinen Herbsttages«, sagte Grabbe. »Aber vorher wollen wir zu meinem Geburtshaus, da muß ich dir was zeigen.«

»Was?« fragte Gottlieb. »Sagen Sie's jetzt.«

Grabbe stutzte, lachte auf und sagte: »Du denkst weiter, als ich es dir zugetraut hätte. Also gut, ich will dir's sagen, solange noch Zeit ist. Wenn die Haustür des Zuchthauses mal offensteht, dann häng dich rasch über den unteren Flügel! So hab ich's gemacht als Kind, den Kopf tief nach unten, und die Anfangsbuchstaben meines Namens eingeschnitzt, C D GRABBE 1812. So wie ich ihn unserer Zeit einschnitzen wollte, nur daß ich damals noch nicht wußte, was mir heute augenfällig ist, daß man mich nämlich erst wird entziffern können, wenn die Welt auf dem Kopf steht – und sie wird!«

Grabbe klopfte seine Pfeife im Nachttopf aus und fragte trocken: »Wie steht's im Englischen, im Französischen, Gottlieb?«

»Sie wissen ja, meine Professoren sagen, ich hätte einen guten, aber langsamen Kopf.«

»Das ist richtig so! Nur eisenköpfig kommst du durch die Fassade der Illusionen der Wirklichkeit nahe.«

Gottlieb zerknüllte seine Mütze, druckste noch herum, fand aber seine Zunge nicht und ging weg.

»Adieu! Adieu! Remember me!« murmelte Grabbe und drehte sich um zum Schlafen.

Er zeigte kein Verlangen nach religiösem Trost. Doch Luise bestellte den Pastor des Ortes, Althaus, »weil es sich nun einmal so gehört vor Gott und den Menschen«, obwohl Grabbe gewiß erst noch sie unter die Erde bringen werde.

»Was will denn der Kerl bei mir!« schimpfte Grabbe, als Sophie den Geistlichen anmeldete. »Die Pfaffen ruft man nur, wenn nichts mehr hilft – das ist überflüssig und nicht sehr appetitlich. Na, meinetwegen mag er kommen. Vielleicht kann ich ihn konfirmieren.«

Grabbe machte, als Althaus in seine Schlafkammer trat, ein verdonnertes Gesicht wie über ein wunderbares Gespenst oder einen Dämon der Wüste, bat ihn aber doch höflich, sich zu setzen.

»Wie geht's denn, Herr Auditeur?«

»Gut. Die Krabbe in ihrem Loch ist ein großer Monarch.«

Althaus erwiderte, er wolle nur »dem gefesselten Prometheus« einen Besuch abstatten.

»Der hatte es an der Leber, Herr Pastor«, antwortete Grabbe. »Wollen Sie mit mir übers Saufen reden? Ich kann Ihnen da ein paar Empfehlungen geben.«

Althaus lachte und sagte, er sei froh, daß er Grabbe so gelassen, so gottergeben vorfinde.

»Wie, ich? Oh, ich bin ja auch im Kern gesund, mir fehlt nichts, wahrhaftig gar nichts. Aber Sie bekommen bald die Masern, Herr Pastor!«

Althaus faßte sich an die Ohren, kratzte sich und sagte: »Das doch wohl nicht.«

Er sprach nun über den Einfluß der Religion auf das Staatswesen. Grabbe fragte ihn, ob er es schon gelesen habe: »Die Chinesen sollen am liebsten beschissene Schwalbennester essen.« Vielleicht ließen sich dadurch doch die sozialen Mißstände unter den armen lippischen Bauern beheben? Mist fabrizierten sie ja genug, und in den russischen Elementarschulen werde in jüngster Zeit sogar gelehrt –

Althaus lachte wieder menschenfreundlich und legte Grabbe die Hand auf die Stirn. Der Herr Auditeur müsse doch fühlen, daß er langsam ein wenig schwächer werde im Fleische?

»Merkwürdig«, sagte Grabbe nachdenklich, »daß alle großen Religionen aus dem Orient kommen. Da sind die Leute so phlegmatisch und haben nichts anderes zu tun, als sich so etwas auszudenken.«

Sophie brachte ein Glas Rheinwein und Gebäck für den Geistlichen.

»Der Wein soll sehr ungesund sein«, sagte Grabbe. »Die Nieren. Die Leber. Die Nervenstürme.«

Althaus wurde eindringlich und fragte, ob Grabbe denn nicht doch der Gedanke ankomme, seine Seele auf das Ewige, das über das Fleisch hinausdaure, zu richten? Im Himmel allein gäbe es Trost für die Hinfälligkeit des Erdenlebens. Die Heimkehr unter den Segen des Autoritätsglaubens –

»Nä, nä«, sagte Grabbe und zog ein saures Gesicht.

Aber früher, der Herr Auditeur habe doch gewiß früher Hunger nach dem himmlischen Manna gehabt? fragte Althaus unbeirrt.

»Sie wollen sagen, ob ich nicht manchmal glauben möchte?« Grabbe wurde plötzlich ernst. »Vor vielen Jahren war ich einmal in einer katholischen Kirche – da habe ich gemerkt, wie innig nötig mir der Glaube an eine bessere Welt wäre.« Er habe sich nämlich hier, auf diesem Wandelstern, immer fremd gefühlt.

»Aber Sie sind Lutheraner, getauft im Namen –« rief Althaus.

»Daran erinnere ich mich nicht mehr so gut«, sagte Grabbe, »doch verschnupft bin ich noch immer von dem kalten Wasser.«

»Aber Herr Auditeur, unsere Kirche –«

Grabbe hustete, steckte sich eine Zigarre an und wollte sie auch dem Pastor reichen.

»Nein, danke!« sagte Althaus und besann sich.

»Herr Pastor, Sie sind schön wie Christus. Sie haben ein so allseitiges Lächeln und so sentimentale Handbewegungen – nur der Heilige Geist ist nicht in Sie gefahren.«

Althaus war Grabbes Irrlichtereien leid und sagte in erhobenem Ton: »Herr Auditeur, Sie sind eine verzweifelte Seele –«

»Nä, nä, Herr Pastor, aber Sie haben eine Stimme, daß der Schmerz meinen Bart damit rasieren könnte.«

»– eine verzweifelte Seele! Doch es steht geschrieben: ‚Wenn ihr nicht werdet wie die Kindlein' –«

»Ich kann die unschuldigen Kinderchen nicht

ausstehen!« brummte Grabbe. Nur der Satan sei fromm, sonst wäre er nicht so ungeheuer böse.

Althaus rief fest: »Christian Dietrich Grabbe, so spricht nicht Ihr Herz!«

Grabbe zog an seiner Zigarre. »Ach, wissen Sie, Herr Pastor, ich habe so ein schläfriges Herz. Es hat Rostflecken. Ich muß es mal wieder mit Rum putzen.«

Althaus legte Grabbe die Hand auf die Schulter und sagte: »Ein Glück, daß wir beide Westfalen sind, wir würden uns sonst gar nicht verstehen!«

»Wie der liebe Gott durch den Teutoburger Wald ging und den ersten Westfalen erschuf, das kennen Sie natürlich, Herr Pastor?«

»Aber sicher, sicher! Aus einer Baumwurzel. Der erste Westfale sagte nach seiner Erschaffung sofort ein rauhes, aber aufrechtes Wort: ›Was stößt du mich denn so?‹ Gott wäre ja beinahe, beinahe über diese Baumwurzel gestolpert.«

»Du Arschloch!« sagte Grabbe.

»Was?«

»Du Arschloch. Hat er gesagt.«

»Nein, das hat er nicht gesagt!« rief Althaus erregt.

»Aber ja, du Arschloch.«

»Nein, doch nicht zu Gott!«

»Du Arschloch. Hat er gesagt«, murrte Grabbe.

»Herr Auditeur, reden wir endlich wie erwachsene Männer.«

»Warum?« fragte Grabbe. »Ich dachte, wie die unschuldigen Kinderchen?«

Althaus schwieg und versuchte, Grabbe, der ruhig weiterrauchte, anzulächeln.

»Herr Auditeur, Jesus spricht –«

»Jesus war ein Judenjunge«, sagte Grabbe treuherzig.

»Mein Gott!« rief Althaus entsetzt.

»Wer, ich? Nä, nä.«

»Gott ist groß!«

»Aber der Teufel ist los«, murmelte Grabbe.

»Herr Auditeur«, sagte Althaus totenblaß. »Es lebt ein Gott!«

»Meinetwegen«, sagte Grabbe und streifte die Asche seiner Zigarre von der Bettdecke.

»Ja, auch Ihretwegen, Herr Auditeur!«

»Nä, nä«, sagte Grabbe und streichelte dem Pastor die Hand. »Es gibt keinen Gott – das will ich zu seiner Ehre annehmen, wenn ich mir so die Weltgeschichte betrachte.«

Althaus sprang auf und trat einen Schritt zurück. Grabbe musterte ihn verwundert.

»Wir wimmeln alle nur so der Verwesung entgegen. Und nun müssen Sie von der Hölle reden, Herr Pastor, sonst geht das Stück nicht weiter.«

»Allerdings«, rief Althaus und warf seinen Mantel über.

»Ach, wissen Sie, Herr Pastor, ich wette, auch an die Hölle kann man sich gewöhnen. Ich bin da schon oft im Leben gewesen, schon als Kind.«

Althaus kam wieder näher.

»Also wenigstens daran glauben Sie, Herr Auditeur?«

Grabbe zog nachdenklich an seiner Zigarre.

»Wenn ich in der Hölle noch die Freude erleben könnte, Herr Pastor«, sagte er still lächelnd, »das Beest von Frau an einem kolossalen, haarscharf geschliffenen Rasiermesser bis in Ihren Himmel klettern zu sehen.«

Althaus empfahl sich ohne ein weiteres Wort und stürmte die Treppe zu Luise hinauf.

Als Sophie in die Schlafkammer kam und das leere Weinglas holte, sah Grabbe vor sich hin und schrieb unsichtbare Sätze auf seine Bettdecke.

»Ich bin gesund wie Eisen, Sophie. Nur meine Seele ist tot«, sagte er und drehte sein Gesicht zur Wand.

»Sie leben doch schon wieder auf, Herr Auditeur!«

»Nein – denn ich liebe nichts mehr.«

Sophie strich leise über seinen Kopf, ehe sie ihn alleinließ.

In der Nacht fuhr er aus einem Alptraum auf: Er war dabei, Luise zu erwürgen, und die Angst vor einem Mord hing in ihm wie eine blutige Klinge. Grabbe zitterte am ganzen Leib. Da sah er Luise wirklich, wie sie im Widerschein einer Kerze auf seinem Bett saß und ihn so starr und gespannt betrachtete, als wolle sie sein Gesicht abheben und dahinterspähen. Er konnte sich nicht rühren, seine Arme waren steif vor Entsetzen. Luise hatte die

Hände um seinen Hals gelegt und drückte ihm sanft auf die Gurgel. Grabbe wurde von Frost gerüttelt, jede Kraft war aus ihm gewichen. Er sah Luise nur in aller Lebensangst an.

»Jetzt könnte ich mich rächen, Dietrich«, sagte sie. »Für alles, was du mir angetan hast. Ich lebte in Ruhe, in kultivierten Verhältnissen, war angesehen in der Stadt und bei Hofe. Du hast mein Haus mit Wahnsinn und Schulden angefüllt und mich befleckt.«

Grabbe antwortete nichts, konnte kein Wort aus der Kehle stoßen.

»Ich habe keine Furcht mehr vor deinen Wutanfällen, deiner Raserei, Grabbe«, sagte Luise und lächelte. »Du hast nichts mehr auf den Rippen und stinkst wie ein Schöps.«

Sie ließ ihn los, sah seine dünnen Finger und streifte rasch den teuren Siegelring mit ihrer Locke ab, den sie ihm einst, vor drei, vier Jahren, als Liebespfand geschenkt hatte.

»Da hab ich ihn!« frohlockte sie. »Da hab ich ihn wieder!«

Sie sprang auf, schwenkte den Ring vor Grabbes Gesicht und wollte sich vor Lachen ausschütten.

»Geh, Luzie!« sagte Grabbe zu Tode erschöpft. Er hatte keinen trockenen Faden mehr am Leib. »Nur Geduld, bald werde ich sein, was man tot nennt.«

»Seit dieser Nacht habe ich ein Grauen vor der Frau«, sagte Grabbe zu Ziegler.

»Du warst im Fieber! Die Szene hast du geträumt.«

Grabbe zeigte seine leeren Hände. Ziegler schwieg. Er sah, daß der verschlissene Himmel von Grabbes Bett abgenommen worden war. Die vier eichenen Pfeiler streckten sich öde in die Luft.

»Wie geht's dir wirklich, Christian?« fragte er.

»Ach, ich rede nicht mehr oft mit mir über mich selbst. Mach die Türe zu, hier haben die Wände Ohren«, sagte Grabbe. Und dann: »Der Arsch sitzt mir auf den Füßen. Ich esse auch gar nichts mehr, sie vergiftet mich sonst.«

Ziegler versuchte, ihm Hoffnung, Mut zuzusprechen. »Die Zeitungen schreiben wieder über dich, Christian!«

»Ja, die ›Zeitung für die elegante Welt‹ hat Jauche über mein Leben in Düsseldorf geschüttet.«

Ziegler zog ein Blatt aus der Tasche. »Nein, in der Abendzeitung steht ein Distichon auf dich!«

Grabbe setzte die Brille auf und las laut: »Nun, da der unbändige Leu die Wälder alle durchbrüllt / Schaut, wie im grünlichen Feld spielt mit der Sonne ein Kind.« Er sagte: »Ich bin noch geliebt! Das ist schön, nur ist's nicht wahr. Wie heißt der Verse-Hengst? Goldschmied. Na ja! Ein Distichon. In meiner großen Not habe ich einmal an den Herrn Geheimen Rat, Minister und an den Dichter Goethe geschrieben, im Oktober siebenundzwanzig. Er hat mir nicht geantwortet.«

Grabbe wurde wieder schläfrig, richtete sich aber auf und sagte plötzlich erregt: Da die Deutschen im Leben nichts mehr von Freiheit besäßen, suchten sie die Freiheit in der Kunst! Säuglinge der Illusion, die so nie zum wirklichen Leben, zur wahrhaftigen Dichtung aufwüchsen. Er deutete mit dem Finger zur Zimmerdecke und horchte. »Was war das wieder, Ziegler? Es gibt doch keine Gespenster hier im Haus?«

»Nur Schritte, man geht in den oberen Zimmern. Wie verhält sich deine Frau?«

»Sie zählt ihr Geld, setzt die Todesanzeige auf und wartet. Manchmal lacht sie leise vor sich hin, aber ich höre es. Sie wird von meinem Tod leben können.« Grabbe beugte sich vor, sah mißtrauisch um sich und raunte Ziegler zu: »Luzie hat mir nicht nur den Siegelring gestohlen. Sie hat mir alles gestohlen, sie, die so viel besitzt: meine Jugend, mein Talent – meine Hoffnung.«

»Sie hat sich Mühe gegeben, Christian, aber es lief nicht zusammen.«

»Ja, darauf kommt's in deiner Banalität hinaus!« sagte Grabbe scharf. »Meine ganze Tragödie ist also: ich habe das falsche Mädchen geheiratet. Nein, nein, Karl, das Schicksal läuft nicht in Unterhosen herum.«

Er wollte sich wieder hinlegen, kroch aber dann noch näher zu Ziegler.

»Sie hat mir auch meine *Hermannsschlacht* gestohlen«, flüsterte er.

»Aber, Christian, du weißt doch, daß du dein

Detmolder Manuskript im Juli an Petri geschickt hast?«

Grabbe trank einen Schluck Bier.

»Ich arbeite weiter an dem Stück! Ich habe schon achtunddreißig Seiten gebessert. Es war alles noch wie Kraut und Rüben. Liegen sie nicht drüben im Fach? Sieh nach!«

Ziegler suchte nach Grabbes Manuskriptblättern, fand aber nichts.

»Ihr müßt aufpassen, Petri und du!« flüsterte Grabbe und trank einen Schluck Bier aus der Flasche. »Sie wird in der *Hermannsschlacht* herumfuhrwerken wie eine Hofdame im Roggenfeld.«

Ziegler lachte.

»Du warst und bleibst doch ein Pessimist, Christian!«

»Ja, soviel ist leider von dem verfluchten Idealismus in mir hängen geblieben. Aber ich bin ihm gerade noch aus den Saugarmen entwischt – ich kannte Aristophanes und Shakespeare zu gut! Die wirken wie zwei Nothelfer gegen diese Hirnseuche.«

Grabbe beugte sich näher an Zieglers Ohr. »Die abgefeimtesten Verführer sind diese falschen Propheten aus dem marmornen Narrentempel – wo die Menschen so lange mit Illusionen geatzt werden, bis sie für wahr halten, was doch nur künstlicher Schein ist, und sie die nackte, blutige oder lachende Wirklichkeit gar nicht mehr ins Auge fassen! Karl, wir müssen diesen ›Idealismus‹ ausbrennen in Schmerzen, anders kommen wir nie zur ehrlichen, armen Wahrheit, und die Erde bleibt ein Lügenplanet.«

Ziegler drückte ihn sanft ins Kissen zurück und sagte Grabbe, daß er nicht so hitzig reden dürfe, es strenge ihn zu arg an. Er werde ihn schon bald wieder besuchen.

»Doch, doch«, rief Grabbe außer sich, »sie stutzt den Hermann für ihre höheren Stände zurecht! Sie schneidet ihm den Schwanz ab – und setzt ihn ans Klavier.« Grabbe lachte plötzlich Tränen. Dann sagte er: »Aber wahrscheinlich findet sie ja gar keinen Verleger mehr für mich. Die schielen alle nach diesen romantischen ›Klassikern‹, den schillernden Goethlingen – und meine Leser, meine Zuschauer stammeln noch das Alphabet.«

Ziegler wollte Grabbe aufrichten und sagte, daß Grabbes Dramen bald und noch in hundert Jahren gespielt würden, und daß sein Ruhm dann unvergänglich bleibe. Der Kühne, der Lewald in Stuttgart, hätten's doch erst jetzt wieder geschrieben.

»Ich werde den Duiwel tun und nach der Leiche berühmt werden!« rief Grabbe. »Dann verdient das Beest ja noch an mir. Nä, nä, jetzt steht der verweste Lazarus auf! Er stinkt zwar wie die Pest, aber er lebt wieder, er arbeitet. Meine dusselige Krankheit ist vergangen. Mich werfen weder die Franzosen noch die Magenschwindsucht in die Grube. Wär's nur erst Frühjahr, mit dem Frühjahr wächst mir die Seele.«

Grabbe erzählte ruhelos von seinen Plänen, dem *Alexander*, dem *Christus* und dem *Eulenspiegel*.

»Ich habe schon ein paar kleine Szenen geschrieben«, sagte er und suchte im Bett nach Papierfetzen. »Hier – da stirbt Alexander in Babylon gerade am Fieber, so alt wie ich heute bin, und bittet, der große ALEXANDER bittet die Perser: ‚Begrabt mich königlich! EIN PERSER: Verlaß dich drauf! ALEXANDER: Doch meine rechte Hand hängt ihr aus dem Sarge, weiß, nackt, wie sie ist. Sie hat die ganze Welt gefaßt – und nichts ist ihr geblieben.‘ Oder hier, da haben sie gerade den Jesus gekreuzigt auf Golgatha. Nein, ich find's jetzt nicht. Der Jesus war ja doch ein Kerl! Stell dir vor, der stünde im Lippischen Wald auf der Kanzel, und die herrlichsten, wahrsten Worte klängen von ihr nieder durch die Welt! Öbber hoi es ankumen, osse de Sue innen Juidenhiuse. Lick müi in'n Ees – wie der wohl hier und bis Paderborn und Köln die Tempel reinigte!« Am liebsten aber sei ihm, Grabbe, in letzter Zeit der Till Eulenspiegel. »Das wird ein tolles, lustiges Tier! Das Beste hab ich ja noch gar nicht geschrieben, Karl! Jetzt bekommen die Deutschen ihre Lustspiele. Es wird auch Zeit!« Seinen anderen Dramen fehle noch etwas, er fange erst richtig an.

»Die Gefühlswärme vielleicht, die geradaus zum Herzen geht, das weibliche Element«, meinte Ziegler.

Grabbe fuhr auf.

»So ein Bulk will ein Buch über mich schreiben«, schrie er angewidert und spuckte aus. »Das Weib, das Ewig-Weibliche! Das blöken nun schon alle

Hammel, seit Eva unner'm Appelbium die Beine breitgemacht hat. Im *Gothland*, mit zwanzig, hab ich's doch schon geschrieben: ‚Was liebt ihr denn am Weib? Etwa den Geist? Ich glaub es kaum; und wär es wahr – weshalb liebt ihr denn nie 'nen Mann? Ihr liebt das Fleisch! Siehts Fleisch nur hübsch, so denkt ihr euch die Seele schon hinzu!'« Grabbe besann sich finster und sagte noch stockend: »‚Doch das empört mich nicht; allein, wenn ihr den Trieb, den ihr mit Kröte, Katz und Hund gemein habt, zu einer Tugend macht und göttlich nennt, pfui – das ist unerträglich!'«

Er wischte sich den Schweiß ab, keuchte erschöpft und sagte: »Gib mir eine frische Flasche, Karl. Du hast ja recht. Es ist alles eine Blutsuppe, was ich bisher angerührt habe, und der Hermann ist nicht einmal gar.«

»Du hast auch *Napoleon, Hannibal, Scherz, Satire, Ironie und tiefere Bedeutung* –«

»Ach, das Teufelszeug«, antwortete Grabbe nur müde und schloß die Augen. Nach einer Weile sah er auf und sagte überrascht und freudig: »Siehe, du bist da!« Er reichte Ziegler die Hand. »Hör, es ist mir lieb, daß du gekommen bist! Warum ich zu dir geschickt habe –«

Grabbe beugte sich an Zieglers Ohr und flüsterte: »Du sollst zu meiner Mutter gehn und ihr von meinem Zustand Nachricht geben. Meine Frau fängt alle Bestellungen ab!«

Ziegler versprach's.

»Gib mir die Hand drauf! Du bleibst doch hier ein wenig? Komm, setz dich da in den Sorgenstuhl.«

Ziegler wechselte den Platz. Er betrachtete die vier kahlen Pfeiler, die allein noch das Bett überragten, das große Bücherbrett, auf dem nur noch vier, fünf Bände standen, die Papiere, mit Bindfaden zusammengebunden, die Federn, das Tintenfaß, die Bierflaschen und das Klümpchen Elend in den Kissen.

Grabbe rauchte, die Luft wurde immer enger, und Ziegler bat, das Fenster öffnen zu dürfen.

Sophie kam an die Tür und fragte: »Begehren Sie etwas, Herr Auditeur?«

Grabbe grinste Ziegler an.

»Begehren Sie etwas, Herr Auditeur – soll ich begehren, Ziegler?«

Dann sagte er barsch: »Ja, ein paar frische Flaschen Bier, ein paar Zigarren und zwei reine Gläser.«

Als Sophie gegangen war, sagte er: »Zank, Bosheit, Mord. Ja, Mord! Denke dir, neulich kommt meine Frau des Nachts, und wahrhaftig setzt sie mir die Krallen an den Hals.«

Ziegler schwieg verstört zu Grabbes Wiederholungen.

»Ich werde mir ständig einen Soldaten in der Stube da vorne halten, Karl, zu meinem Schutz! Er kann die Stube gern bekommen, an dieser Spelunke hier habe ich jetzt genug fürs ganze Leben.«

Sophie kam aus der Gastwirtschaft zurück und fragte: »Soll ich kein Essen dazu bringen, Herr Auditeur?«

»Nein«, sagte Grabbe, »ich mag sonst nichts.«

Sophie blickte Ziegler an, lächelte und ging.

Grabbe griff unter sein Kopfkissen; kramte ein zerknittertes Zeitungsblatt hervor und las scheinbar angewidert: »›Das Werk eines Giganten, der, auf seine Kraft trotzend, es verschmähte, sein riesiges Haupt im milden Abendschein zu sonnen oder im erquickenden Morgentau zu baden, nachdem die Schauer der Nacht sein Lockenhaar durchtobt.‹ Nach meinem *Hannibal*. Auch von Kühne! Aber warum diese Kerle immer Sirup aufs Roggenbrot schmieren müssen und dazu singen wie die Poggen? Es ist mir auch einerlei. Nur die Musik wirkt manchmal noch auf mich – weil ich sie nicht genug verstehe.«

Er trank Bier und fing an, Arien der Zerlina, Leporellos und schließlich Don Giovannis zu singen: »Fin ch'han dal vino / calda la testa«, doch erging er sich bald wieder in wirren Reden. Plötzlich zog er sein Nachtgeschirr unterm Bett vor, sein Magen behielt nichts mehr bei sich, und er übergab sich, sprach aber gleich weiter.

»Na, trink doch!« sagte er zu Ziegler.

»Soll ich nicht doch noch einmal den Hof-Rat Piderit holen, Christian?«

»Papperlapapp! Der Kerl kuriert mich noch zum lebendigen Krüppel. Ich stehe morgen wieder auf: Die *Hermannsschlacht*, mein *Eulenspiegel*!«

Sophie kam und steckte eine Kerze an. Grabbe schloß die Augen.

»Das Andere und Klügere bleibt nicht aus«, murmelte er. »Ja, vielleicht nach Jahrtausenden –, wenn wir und unsere Urenkel alle längst tot sind!« Er holte tief Luft und sagte: »Meine *Hermannsschlacht* ist wie mein Tod mit Morgenflecken gestreift!«

»Schlaf dich gesund, Christian!« sagte Ziegler und ging mit Sophie aus der halbdunklen Kammer.

»Das Teufelsstück!« murmelte Grabbe, als er allein war, und wickelte sich die Bettdecke um die Schultern. »Mein Teufelsstück. Nun kommt es wieder. Da sitzt der Leibhaftige, kein gestiefelter Kater, nein, der Teufel als Generalsuperintendent mit Pferdefuß! Im Käfig des versumpften Schulmeisters sitzt er. Das haben mir die Pfaffen übelgenommen, daß ich sie mit ihrer höllischen Erfindung verwandt sein lasse.«

Grabbe sah die ärmliche Stube im Waldhäuschen zu Lopsbrunn hinter seinen Lidern. »Los, Schulmeister, bring dem Satan das Gesangbuch!«

DER SCHULMEISTER schrie: Iß, Himmelhund, iß! DER TEUFEL sträubte sich gewaltig, und Grabbe lachte sich schief. DES TEUFELS GROSSMUTTER, blühend im modischen russischen Winteranzug, trat herein. Gib Pfötchen! sagte sie zum Teufel. DER TEUFEL gab dem Schulmeister Pfötchen, worauf ihn dieser aus dem Vogelbauer losließ. So, lieber Enkel! Sei lustig! rief DES TEUFELS GROSSMUTTER.

Du kannst gleich mit mir heimkehren; der heiße, dich wieder erwärmende Kaffee dampft schon auf dem Tische. Vortrefflich, Großmütterchen, vortrefflich! schnurrte DER TEUFEL. DER RÖMISCHE KAISER NERO trat ein, in Livree, und brachte dem Teufel Reitstiefel. Auf Wiedersehen, auf Wiedersehen! rief DER TEUFEL der Gesellschaft zu und lachte schelmisch. Er, seine Großmutter und der Kaiser Nero versanken in der Erde.

›Nicht unübel, nicht unübel‹, dachte Grabbe. ›Als Student hab ich's geschrieben. Geld, Kostüme, Kaleschen mit Löwenköpfen, goldene Löffel fehlten mir, doch dafür hatte ich etwas viel Besseres: Hoffnung. Liddy, meine quecksilbrige Schwester, ich wollte meiner Zeit ein Kainsmal auf die Stirn setzen, aber es war nur eine diesige Übergangsperiode, in die ich geraten bin. Fuimus Troes. Los, Rattengift, alter Verseknecht, stell dich noch einmal ans Bullauge dieser lecken Erde. Grabbe wird elegisch, und das mag er gar nicht.‹

RATTENGIFT trat schnell ans Fenster. Aber wer kommt dort noch mit der Laterne durch den Wald? fragte er und staunte bombastisch. DER SCHULMEISTER sprang zu ihm und rief: Oh, so schlage der Donner darein! Kommt mir der Kerl mit seiner Laterne noch spät in der Nacht durch den Wald, um uns den Punsch aussaufen zu helfen! Das ist der vermaledeite Grabbe, oder wie man ihn eigentlich nennen sollte, die zwergigte Krabbe, der Verfasser dieses Stücks! Er ist so dumm wie'n Kuhfuß, schimpft auf alle Schriftsteller und taugt selber nichts, hat verrenkte Beine, schielende Augen und ein fades Affengesicht! Schließen Sie vor ihm die Tür zu, schließen Sie vor ihm die Tür zu! O du verdammter Schulmeister! rief GRABBE draußen vor der Tür. Du unermeßlicher Lügenbeutel! – Schließen Sie die Tür zu, Herr Baron! flehte DER SCHULMEISTER. Schließen Sie die Tür zu! Die quicke, freisinnige LIDDY aber replizierte: Schulmeister, Schulmeister, wie erbittert sind Sie gegen einen Mann, der Sie geschrieben hat! Es klopfte, und LIDDY rief: Herein! Und dann trat er, GRABBE, mit einer brennenden Laterne ins Zimmer, in sein Stück. Der Vorhang fiel.

»Liddy«, murmelte er, »dich hätte ich gern kennengelernt. Ein Dichter sollte nur mit seinen erfundenen Frauen leben, die anderen bleiben zu weit hinter der Phantasie zurück.«

»Herein!« rief Grabbe, in den Alltag erwachend, mit brüchiger Stimme. Er war allein. Sophie hatte still aufgeräumt. Das Fenster nach dem Hof war geöffnet worden. Er fror und kroch tiefer in das Federbett. »Wie erbittert sind Sie gegen einen Mann, der Sie geschrieben hat«, murmelte er. »Ich könnte fast darüber lachen. Morgen werde ich lachen.«

Grabbe sah noch eine volle Flasche Bier, öffnete sie und goß damit langsam die Blumen auf dem Teppich vor seinem Bett. Die Zähne schlugen ihm aufeinander. Eis schichtete sich in ihm auf, von den Füßen bis in den Brustkorb. Er fühlte sich nicht mehr. ›Alles frostig, starr – und in der Hölle dampft der heiße Kaffee auf dem Tisch.‹ Grabbe lachte gellend.

Aus dem Vorderzimmer hörte er jetzt Stimmen, die sich aneinander immer schärfer schliffen.

»Fort! Fort auf der Stelle!« schrie Luise. Grabbe sah durch den Türspalt, wie sie an einem Stuhl rüttelte, auf dem Wilhelmine Kreimeier nun still und zugeknöpft saß. »Das ist mein Stuhl! Der Stuhl stammt noch von meinem Vater! Es ist mein Stuhl, worauf sie sitzt, sie soll hier nicht sitzen!«

Grabbe wurde ängstlich, richtete sich im Bett auf und winkte Wilhelmine abwehrend mit den Händen. »Kalt, kalt«, sagte er nur.

Auch Petri erschien im Vorderzimmer und forderte nachdrücklich Ruhe. Luise wetterte weiter, bis sich Wilhelmine davonschlich. Sie sah sich noch einmal nach Grabbe um, wortlos.

»Aber die Mutter bleibt hier!« sagte Petri fest. »Sie wird das Haus nicht mehr verlassen, ihre Gegenwart ist Grabbe ein Trost.« Die Frau Auditeurin möge sich endlich still verhalten.

Luise riß die Tür zur Schlafkammer auf und sah Grabbe an. »Ich habe hier zu befehlen!« sagte sie außer Atem. »Ich. Er ist mein Mann.«

Grabbe hob wieder ängstlich die Hände, und Petri nahm Luise am Arm und führte sie hinaus. Sie tobte auf dem Hausflur weiter; Leute, die aus der Kirche kamen, blieben auf der Straße stehen.

Petri rief scharf: Wenn die Frau Auditeurin jetzt nicht endlich Ruhe gebe, werde er die Polizei holen.

»Kalt, kalt«, sagte Grabbe wieder vor sich hin.

Luise lachte und höhnte weiter. »Wie? Sie wollen mich aus dem Haus transportieren lassen? Wem gehört das Haus?« Sie drang wieder in Grabbes Zimmer ein. »Wie? Sie wollen mir hier Gesetze vorschreiben, Herr Kanzlei-Rat? Hinaus, hinaus auch Sie! Grabbe überlebt uns noch alle! Herr Hofrat Piderit hat es mir erst gestern wieder gesagt. Woran krankt er denn, außer an seiner Trinkwut?«

»Am Tod«, murmelte Grabbe.

Petri verriegelte die Tür vor Luise. Sie trat mit den Füßen dagegen und schrie: »Die Alte ist eine rohe, sinnliche Natur, die Junge war seine Hure – und dieser Pöbel in meinem Hause!«

Grabbe legte die Hände vors Gesicht. Er hörte Sophie auf dem Flur betteln: »Frau Auditeurin – der Schatten des Todes liegt ihm schon auf den Augen! Lassen Sie seine Mutter wenigstens bis zur Türspalte –«

»Ec tu, Brute!« rief Luise und rannte die Treppe hinauf.

Petri brachte Grabbes Mutter herein.

»Su, su«, sagte die Alte und setzte sich an sein Bett. »Su, su.« Es werde noch alles gut, jetzt dürfe sie ja bei ihm bleiben. »Su, su.« Grabbe drückte Petri die Hand, und Petri ging. Grabbe schlief ein, wachte aber nach Minuten wieder auf. Einmal sang er mit klarer Stimme:

«Allons enfants de la patrie,
Le jour de gloire est arrivé.
Contre nous de la tyrannie –«

»Schwarzer Pilot, wer bist Du?« sagte Grabbe nach einer Stille und richtete sich auf.

Nur manchmal wurde er ängstlich und verwirrt. »Su, su«, summte dann die Mutter und rüttelte leicht an einer der Holzsäulen, die kahl in die Luft ragten. Das Bett schaukelte sanft. Aber Luise vertrieb die Alte noch einmal unter Toben und Hohnlachen aus dem Haus.

Am 12. September morgens wurde er stundenweise bewußtlos, und die Sprache verließ ihn. Es kam kein deutliches Wort mehr aus seinem offenen Mund, doch seine Lippen suchten unaufhörlich weiter danach. Manchmal richtete er den ausgehungerten Körper auf und gab Sophie, die jetzt an seinem Bett saß und ihn pflegte, noch ein Zeichen seines Daseins.

Gegen neun Uhr trat Luise, die in der vorigen Nacht mit bei ihm gewacht hatte, herein, löste Sophie ab und stand stumm vor seinem Bett. Grabbe setzte sich wieder ein wenig auf, streckte den Kopf vor, bewegte seine schlaffen Lippen und winselte. Er wiederholte diese Zuneigung mehrmals. Luise beugte sich zu ihm hinab und küßte ihn auf die Stirn. Grabbe tappte nach ihrer Hand, faßte sie und drückte sie kampfhaft.

Sophie kam in die Kammer und meldete, der Schneidermeister sei zur ersten Anprobe gekommen. »Endlich! Dann mache uns einen guten Kaffee!« sagte Luise und ging hinauf in ihr Stockwerk.

Sophie blieb noch in der Kammer, und Grabbe bat sie mit den Händen, ihm den Schweiß abzutrocknen, der kalt auf seinem Gesicht lag. Sophie tat es behutsam und sagte: »Ich hole heute Ihre Mutter wieder, Herr Auditeur!«

Grabbe erschrak und stieß dumpfe, nicht mehr artikulierte Töne aus.

»Doch, doch, sie darf ja wirklich zu Ihnen!« sagte Sophie und lächelte ihm zu. »Die Frau Auditeurin hat es nämlich jetzt erlaubt.« Grabbe beruhigte sich.

Gegen zehn Uhr kam seine Mutter und setzte sich an sein Bett. Sie rüttelte wieder leise einen der leeren Pfeiler, und Grabbe schlief. Die Alte schniefte, putzte sich mit dem Schürzenzipfel die Nase, holte aus der Faltentasche ihres Rocks eine Blechflasche und trank.

Einmal kam Piderit, der Arzt. Die Alte bot auch ihm Kaffee mit Branntwein an. »Kaffee allein wäre besser«, sagte er nur und fühlte Grabbes schwachen, stockenden Pulsschlag. Dann ging er wieder, ohne ein überzähliges Wort.

Die Alte trank ab und zu einen Schluck, hustete und schneuzte sich. Dann saß sie wieder still da und wiegte das Bett. Von nun an wandte Grabbe die Augen nicht mehr von seiner Mutter.

»Sui Krischan«, sagte sie. »Dui bist ja muin leuve Krischan – sui man getraust, diu krigst et ja niu baule wuit bedder – sui, diu kümmst ja niu tom Vaddern – muin leuve, leuve Krischan.«

Der Todeskampf setzte ein.

Grabbe starb am 12. September nachmittags gegen drei Uhr an der ›Auszehrung‹. Seine Mutter drückte ihm die Augen zu. Er war vierunddreißig Jahre und neun Monate geworden.

Als Luise von Sophie Möller hörte, daß Grabbe tot war, kam sie herunter in seine Sterbekammer. Sie trat an das Bett, betrachtete ihn und zitierte aus dem *Hamlet*: »O welch ein edler Geist ist hier zerstört!« Dann mußte sie weinen. »Ich habe ihn doch auch einmal geliebt und bewundert – mehr als ihr! Warum ist nur alles so gekommen? Und nun tot, tot.« Sie war trostlos und litt. »Allein! Ich allein!« sagte sie und bat Grabbes Freunde, Petri und Ziegler, zu gehen. Sie wolle bei dem Toten wachen. Nach der Alten, die noch in der Ecke der Kammer saß und in ihre Schürze schniefte, sah sie nicht.

Luise wand Grabbe einen Lorbeerkranz und schmückte damit seine Stirn. Sie schnitt sich eine Flechte aus dem Haar und zog sie um drei blühende Zentifolien aus dem Garten; dann steckte sie den Strauß in die erkaltenden Hände des Toten und faltete sie.

Später, als Grabbe in einen schwarzen, glänzenden Sarg eingeschlossen wurde, legte sie den Lorbeerkranz obenauf und heftete daran eine Seidenschleife mit einem Wort des Horaz: NON OMNIS MORIAR. Luise sagte: »Nun hast du überwunden, mein Dichter!« Und zu Sophie, die ihr helfen mußte: »Hatte er nicht doch ein Napoleons-Gesicht?«

Sie richtete sich auf und musterte ihr Werk: »Er ist erlöst – ich aber auch!« Die Faust vor dem Mund, verbiß sie sich das Lachen.

Die Alte in ihrer Ecke an dem kahlen Bettpfeiler, den sie noch immer leise rüttelte, murmelte: »Nä, dat es nich wohr – he sloept nur so'n betken.«

Sie trank einen Schluck Kaffee mit Branntwein und bot auch Luise, die angeekelt wegsah, ihre Blechflasche an. Die Alte wischte sich mit dem Handrücken die Augen und sagte: »Min Krischan is so juste sanfte inschloppen.« Und plötzlich winselte sie wie ein verlassenes Kind.

Luise ging hinaus.

Vor Grabbes Sterbehaus Unter der Wehme standen einige Nachbarn und Handwerker mit ihren Frauen, auch ein paar junge Leute, unter ihnen Wilhelmine und Gottlieb. Neugierige kamen aus der Stadt hinzu, als sie von Grabbes Tod hörten, und munkelten miteinander.

»Hat er sich endlich zu Tode gesoffen?« – »Sei still! Er hat genug gelitten.« – »Ein lippischer Militär-Auditeur, der sollte doch...« – »Ach, was redet ihr da! Er ist wahnsinnig geworden und hätte längst in eine Anstalt gehört.« – »War er nicht doch heimlich ein Revolutionär, ein Demokrat?« – »Der Grabbe? Nä. Das war ein Monarchist, er hat es mir selbst gesagt.« – »Ein Patriot!« – »Der Fürst wird es der Frau Auditeurin lohnen.« – »Er verleiht ihr gewiß wieder die Pension, die ihr vom Vater her, dem seligen Herrn Archiv-Rat, gebührte.«

In das Schweigen flüsterte eine ältere Frau: »Er kam aus dem Zuchthaus, wie sollte er da je in der besseren Gesellschaft –«

So ging die Nachrede noch eine Weile. Die jungen Männer, die an der Mauer des Hauses gegenüber lehnten, fingen an, das alte wilde »Ah! ça ira, ça ira« zu summen, das Grabbe einst geliebt hatte, wurden aber durch ängstliche und verärgerte Blicke bald stummgemacht. Ein bärtiger Schuster sagte schließlich: »Wäre er nicht gestorben, so hätte er sich, wie er die Welt ansah, morden müssen. Er hatte sich mit dem Teufel eingelassen.«

Luise trat auf die Hausschwelle und sah die Leute ergriffen an. Ihre Stimme zitterte zuerst, wurde aber dann fest und hell, als sie sagte: »Der Herr Auditeur, der Dichter Christian Dietrich Grabbe, mein Gemahl, ist verstorben. Noch bis zum letzten Augenblick war seine Jupiterstirn voller Arbeitsgedanken, voller Ideen. Da legte er den Kopf an die Brust seiner Gattin und hauchte seinen unsterblichen Geist aus. Auf dem Totenbette, liebe Mitfühlende, sah der Herr Auditeur wieder wie ein Jüngling aus, ein glücklicher Jüngling – so wie ich ihn einst kennen und lieben gelernt habe.«

»Hörst du, wie drinnen die Alte winselt«, sagte Georg Weerth leise zu Gottlieb.

»Die hundertblättrige Rose, Goldregen und Efeu und Immergrün will ich auf seinen Hügel pflanzen, unter welchem das Dichterherz nun dem großen Ostermorgen entgegenträumt.«

Luise hielt inne, weil ein paar Frauen und auch junge Männer schluchzten, und sagte dann nur noch, bevor sie wieder in ihr Haus ging: »Grabbe ruht aus von den Mühen und Irrfahrten seines Lebens. Aber er wird weiterleben – in der ewigen Welt der Kunst!«

Eine junge Frau, Wilhelmine Kreimeier, lachte in diesem Augenblick so gräßlich auf, als habe der kalte Hohn sie angefallen, und schrie dann, daß sich alle nach ihr umdrehten. Einigen ging ein Riß durch den Kopf.

Gottlieb führte Wilhelmine weg.

Christian Dietrich Grabbe wurde am 16. September 1836, morgens gegen acht Uhr, auf dem alten Friedhof am Weinberg unter die Erde gebracht. Seinem Sarg waren ab dem Sterbehaus Unter der Wehme fünfzehn bis zwanzig junge Menschen gefolgt. Von den Honoratioren der Stadt erschien niemand.

Verlag Ullstein GmbH · Frankfurt/M. · Berlin · Wien

Satz: Otto Gutfreund & Sohn, Darmstadt
Druck- und Bindearbeiten: May & Co. Nachf., Darmstadt
Printed in Germany 1980
ISBN 3550063121